映画脚本
の
教科書

第1次 寫劇本就上手

衣笠竜屯

監修

陳幼雯

譯

TEXTBOOK
OF SCENARIOS

原點

只要一枝筆，就能創造出自己的電影！

拍電影很辛苦，但寫劇本只需要單兵作業？！

我寫不出劇本！該怎麼辦呢？(T-T)

我要負責寫校慶活動或社群影片的劇本！

我想把自己珍貴的經驗寫成劇本！

短片寫得出來，長片卻沒辦法……

我有一個想說的故事，卻不知道怎麼寫成劇本……

我想理解劇本文字的言外之意。

不用把事情想得太複雜，放心把你的世界交給劇本來表現吧！

從靈感發想、劇本寫法、表達法、進階的解讀法到電影分析法，這些都是有訣竅可尋的。有這本書在手，劇本難產的你一定也能下筆如有神。深入淺出的內容，陪你再戰十年！

前言

這三十年來，我協助過許多想拍片的創作者，也遇過很多人煩惱自己的寫作卡關。卡關我也親身經歷過，在陪伴他們的過程中，我漸漸想通一件事——

「只有還沒掌握到的訣竅，沒有寫不出的劇本！」

「我想拍出自己的電影！」購買本書的你想必也是有些理想抱負，所以打算先從劇本開始學習吧。身為專門學校的講師，我過去讀過許多下苦工自學的學生寫出來的作品，這些作品都是未雕琢的璞石，看得出作者的強烈意念，也同時看得到許多血淋淋為創作苦鬥的痕跡。「寫了第一個場景之後怎麼接下去？」、「結局應該長怎樣？」、「我搞不清楚整體的結構是什麼了！」、「說到底，我想寫的究竟是什麼？」他們遇到非常多煩惱。面對等待我給予回饋的學生，我一直捫心自問：「這個本我看不懂，該怎麼給建議呢……」

劇本表面上是一尊藝術作品，實際上卻是技術的結晶體。寫劇本需要的是專門技法，這種技法不同於觀影或追劇的觀眾需要的素養。除了寥寥可數的天才編劇之外，世界上多數的劇本都是建立在這種知識與技法之上。

因此，我從捫心自問的問答之中，歸納出各種知識與技法，在本書毫不藏私大放送。舉實例來說，我的學生吸收了這一套方法一年左右，就能寫出中長篇的畢業製作劇本了。

專家的境界都是從知識與技法起步，最後臻至藝術性的感動。歡迎各位進入創作者的世界。

衣笠竜屯

你也可以寫出好劇本！

目次

本書使用說明

本書將寫電影劇本的所有過程，比喻成故事的起承轉合，分成 **CHAPTER Ⅰ～Ⅳ**四個章節來解說。關於故事發想、增添趣味的技巧、如何具體落實到劇本的形式、分析電影以提升編劇功力等等，這一切的方法都彙整在各章節裡。書末**附錄**則是要傳授給你的祕密武器，也就是關於寫故事的眉角。

劇本寫作的**50個訣竅**，分別用
TAKE表示，跨頁詳細解說。

重新簡單整理這個**TAKE**的重點**POINT**。

需要詳細補充說明的地方，以
Information補充。

同場加映帶給你多學多賺到
的**小建議**。

每個跨頁的 **TAKE** 都有一個**主題**，搭配插畫簡單明瞭將**重點精華**交代清楚，誰都可以精通劇本寫作不可不知道的 50 個訣竅。無論是有需要的**章節**或是不擅長的 **TAKE**，任選一頁開始閱讀皆可。如果你還打不定主意，就先從 P.8 的流程圖做個自我檢核吧！

什麼是故事？
沒有變化就沒有故事

只要把握三個步驟就能說好一個故事，學習這三個步驟之前，要先理解為什麼人們從神話時代就想聽故事、認識古典的故事結構是什麼，最後是學會本書監修者自創的「Xa→Xb」理論。趕快把困擾你的問題解決，踏上創作的康莊大道吧！

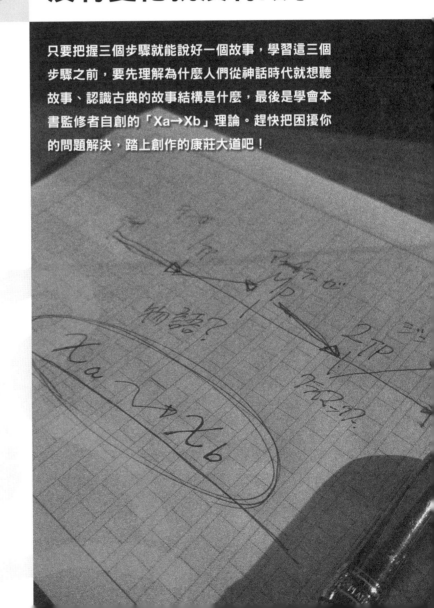

你想要的答案就在這裡！
不同的煩惱從不同章節看起

訣竅

找出癥結點，劇本不難產

你所謂的**「劇本難產」**具體而言是什麼情況？好萊塢巨作的精彩程度總是讓我們感到望塵莫及，看日本片看到賺人熱淚之處，我們也會驚覺自己力所不能及。但是你不必害怕，**劇本寫作其實是一項精於技巧的工作**，不只是表面上的技術，「敘事」這件事本身就是技術的集大成。因此**先分析自己為什麼寫不出來，找到癥結點自然就能找到答案。**

●劇本學就是電影學

不是只有編劇會為劇本所苦，演員收到劇本之後也要絞盡腦汁解讀劇本、思考如何詮釋角色；劇組人員要讀出劇本的言外之意，思考美術設計、思考如何調度導戲。身為觀眾，與朋友討論電影時，如果知道幾個劇本寫作相關的用語，賞析角度可以更多元，討論也會更熱絡。本書就是想寫給上述各式各樣的**「你」**，現在請跟著下方的流程圖，自我檢核你**目前的煩惱屬於哪一種。**

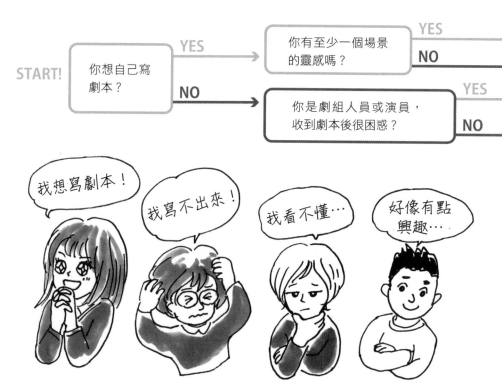

Point 寫作之所以卡關、劇本之所以看不懂都是有原因的，找出解決之道的方法可以很理性，門檻也可以很低。從流程圖找出自己的煩惱，然後開始下筆吧！

有辦法寫完嗎？ **YES** / **NO**

③影像語言研究型
這個類型的你寫得出故事，但是是第一次要將文字影像化。建議從第Ⅲ章開始閱讀，也推薦第Ⅱ章，這一章介紹**影像特有的敘事原理與技巧**。總之隨性看到哪裡都可以參考看看。

①暗中模索型
這個類型的你不確定該寫什麼。其實專業編劇多半也是如此，靈感的無中生有是需要**訣竅**的，建議你從第Ⅰ章→第Ⅱ章再實踐第Ⅳ章試試看。假如靈感依然沒有來敲門，TAKE23與後面幾章的靈感發想法也可以幫助你。

④故事線出走型
這個類型的你已有靈感但寫不出故事，推薦你從第Ⅰ章→第Ⅱ章依序閱讀。學會説故事的原理，問題就能以技術解決。一旦感覺寫得出來了，就放下書開始動筆！

②立體塑造型
這個類型的你收到劇本完稿之後，需要自行詮釋、表演或進行場面調度。將文字轉換為立體化的影像是需要訣竅的，推薦你從TAKE45、46開始閱讀。

⑤邏輯研究者型
這個類型的你雖不拍電影但想培養鑑賞電影的眼光，本書可以滿足你的需求。推薦你從第Ⅲ章往下讀，**培養更多自己的觀點與專業詞庫**。

⑥好奇寶寶型
這個類型的你沒有明確目的卻還是買了這本書，感謝支持！本書將帶你一窺電影製作的幕後，邀請你繼續往下閱讀，展開一場發現新世界的歡樂旅程。

你想寫電影介紹、培養自己的觀點？ **YES** / **NO**

同場加映

唯二重要的關鍵詞

我想將最重要的祕訣，傳授給劇本難產的你。祕訣只有兩個關鍵詞，就是「變化」和「結局」。這是什麼意思呢？我多補上幾個字。

（1）故事即「變化」。

（2）從「結局」開始思考。

更詳細的說明，留待後面的篇幅。在閱讀本書的過程中，請時時惦記著這兩句咒語，最後，祝福你旅途愉快！

打破窠臼，選定客群
善用天使與魔鬼

訣竅 A

成為造物主！

開始下筆後，寫著寫著半路卡關是常有的事，以下整理幾個新手常常落入的陷阱以及應對方法。這幾個訣竅應該會**為你長年的編劇生涯打好地基**。

● 亦正亦邪的造物主

故事不是自然而然之物，是創作者建構出來的**人造物**。因此要成為**造物主**才有辦法說好故事，要摒除是非善惡的觀念，活在全新的常識與規則之中。造物主未必會創造出盡善盡美的世界，有時候甚至必須扮演毀天滅地的惡魔。不過你也不需要畏懼成魔，只要保持**亦正亦邪**即可。

訣竅 B

寫作時記得選定客群

寫作的過程中，總會有一個瞬間迷惘停下筆來，產生**「想寫的衝動或不想寫的抗拒」**，此刻的重點是，不要打發身為造物主的自己。當你真心想成為惡魔時，「當乖寶寶」的道德感會出來礙事，讓你分不清自己的真心。如此一來，你只會在表面和平的遊樂園得過且過。

● 你的故事要寫給誰看？

要如何避免自己被**窠臼樂園**豢養？答案是選定你的客群，不要孤芳自賞。**你想把故事獻給誰？**想想這個對象，把故事說給他聽，這樣你才能逃出故步自封的牢籠。

我是故事的造物主！我的規則創造了世界！

 訣竅C

擺脫道德的箝制

你的責任是**娛樂現實中的人**，而不是帶給故事中的角色快樂。現實社會中的人們被限縮在**「循規蹈矩」**的框架中痛苦難耐，因此故事中**慾望的伏流**是有力量的，是一種強而有力的推進裝置。

● 電影的力量源於被壓抑的本能

性愛、暴力、不道德、偷竊、誘惑、背叛、不幸、不安⋯⋯文明人的面具底下藏著**原始人的本能**，這個本能催化出我們看電影的強烈動機。你越是歌頌真善美，現實世界就會越渴望禁忌，身為編劇的你也需要擺脫自己的道德心，從為非作歹之徒的視角觀察這個世界。想當造物主，就要做好心理準備，**把惡魔也當成手下來用**。

訣竅D

喚醒被壓抑的自己

你心中有一個平常不會在意識層顯現的自己，創作故事的行為就是在**遇見未知的自己**。先把你以為的自我擱置在一邊，**「我就是怎麼樣的人」**是一種預設立場，只能算是你一小部分的能力。

● 被壓抑的就是故事的本質

寫故事的時候要預設**「未知的自己」**存在，寫著寫著，那個你就會慢慢現身。試著接納未知，不要害怕它。從內心深處挖掘出來的，才是觀眾會產生共鳴的故事本質。觀眾不但會覺得那些如同現實，甚至感覺比現實更真實。創作者要**對自己和一切道德常識保持懷疑，時時進行檢視，然後把真實寫出來**，故事才會有力量。

 同場加映

鼓起勇氣拯救他人

你為什麼會購買這本書？你或許也曾經從故事中獲得希望。我們平常總是戴著文明人的面具，在不熟悉的情況下脫掉面具確實會令人害怕，但是這與角色扮演相同，一旦習慣了就能體會箇中樂趣。描寫邪惡、混沌和慾望是辛苦的工程，然而黑暗中挖掘到的真實故事，一定能夠帶給別人希望。一如過去的你，也曾經被某個故事拯救過。

故事是什麼？
理解世界變化的方法

 訣竅Ⓐ

故事即「變化」

「故事」到底是什麼？我們稍微思考一下這個問題。組成故事的最小單位，是主角？有可能；是設定？也有可能；5W1H？好像有更簡單的答案。總歸一句話，或許就是**「誰發生了什麼事」**。**「誰」**是故事的**主角**，**「發生了什麼事」**指的是**變化**。

●「誰發生了什麼事」＝故事

「**有一個人站著**」，這句話不能算是一個故事，可以再試試看。「**那個人坐下來了**」，這一句呢？這一句就好像發生了什麼事，甚至會讓人想知道為什麼他要坐下。由此可知，**某個人（東西）從某個狀態變成另一個狀態，就會產生故事**。

訣竅Ⓑ

有變化所以抓得住眼球

有一隻青蛙像石頭一般動也不動。一隻蒼蠅飛過來，青蛙以迅雷不及掩耳的速度伸出舌頭吃了牠。青蛙是不希望自己被發現，因此躲在那裡動也不動。青蛙可以代換成其他東西。你應該也有這樣的經驗，你一直沒發現有人站在那裡動也不動，等到他動了你才嚇一跳。

●動作的主體比較醒目

有一部實驗電影，裡面有一隻大麥町狗在黑白斑點的牆壁前行走，靜止畫面裡的大麥町有保護色，因此沒有被任何人發現。但是膠捲一轉動、畫面一動起來，神奇的事就發生了，那隻大麥町的輪廓有一瞬間是清晰的。**故事的變化**也是同樣的道理。

春神來了♡

冰雪女王離開…

● 對於變化很敏銳的生物

為什麼生物對於變化那麼敏銳？生物被大量的資訊包圍，為了活下去，我們要篩選資訊，儘速挑出生存所需的資訊加以處理。因此生物的演化結果，就是比起不變的事物，會更加關注情勢變化。

● 將演化的結果應用在寫故事

為什麼**變化**是故事的重要元素？人類也是經過演化的生物，我們能夠敏銳覺察情勢的變化，除了瞬間的動作之外，我們還有記憶力，因此也關心物換星移的變遷。人類對於不斷改變的事物更為敏感，將這種生物本能套用到劇本上，可以得出**「故事即變化」**的結論。

訣竅 **C**

想像變化的起因

人類都怎麼理解並表達世界的變化？無論出外狩獵或栽培農作物，都是有時成功有時失敗，上次沒有獵物，這次滿載而歸，兩次的**差異是什麼？原因是什麼？**我們會歸納、消化之後與同伴分享，分享這些事情的工具，就是故事。

● 為了理解世界的變化

舉幾個例子，比方說只要上山時對狩獵女神心懷敬意，她就會帶來獵物；惡鬼住在深山裡，所以不可以擅闖深山；豐收女神帶來豐收，冰雪女王帶來冰凍的世界……我們為了理解世界的變化發揮很多想像力。人類的思維模式就是如此，**我們對世界的變化很敏感**，而且會**想像變化的起因**，這就是故事的原動力。

同 場 加 映

將民間故事與神話的研究轉化為創作理論

近年許多創作理論都受到民間故事、口述歷史和神話的研究諸多影響，我們發現世界各地的民間故事本質上大同小異，也漸漸明白故事的原型可能寥寥可數。美國的神話學家喬瑟夫・坎伯（Joseph Campbell）的學術著作《千面英雄》（*The Hero with a Thousand Faces*），也給予當代的編劇理論深遠的影響。當代的那些編劇理論並不是誰去制訂出來的規則，而是我們發現這些是人類比較容易理解的東西。

認識故事的原理
組織有趣的劇情

I

什麼是故事？沒有變化就沒有故事

訣竅A

牽動情感起伏的正是「變化」

想要強化某個人「站著」的印象，可以反其道而行，讓他從「坐著」的狀態開始。**吸引我們注意力的是相對的變化**。舉例而言，室溫溫度的差異，就會讓你對於同一盆熱水澡，產生或冷或熱的不同感受。

●以悲劇寫幸福

情感也同理可證，想要描寫幸福，便要從悲劇著手。其實想寫幸福的人通常不會想寫悲劇，想寫帥氣的人對於寫出糗也會很遲疑。實際開始下筆的時候難免心生抗拒，這是我們要克服的難關。

訣竅B

小變化組合出大敘事

無論以變化為核心的戲劇結構有多單純，都可以**透過切分與階層結構組合出複雜的劇情**。先將整體的變化一分為二，切出來的前半與後半都可以再一分為二（參閱P.124附錄③）。

●組織各種細碎的變化

每一個變化都是一個故事（事件），**「大故事」是由中故事和小故事所組成**。以下圖表中的範例《羅馬假期》（1953，美國）也不例外，各種小變化組織起來之後，稚嫩的公主成為負責的大人，大變化也告終，一個完整的故事就此完成。

範例：《羅馬假期》

STEP①

稚氣又百無聊賴的公主
→下定決心繼承王位的公主

STEP②

百無聊賴的公主→**在街上玩耍的公主**

▼

在街上玩耍的公主→**下定決心的公主**

Information
- -

◆向圓滿結局學習

有一些圓滿結局的電影，可以明確觀察到從悲劇走向幸福的變化，我要推薦一部經典黑白片《風雲人物》（1946，美國），這部片是將變化昇華為故事的經典教科書。**在圓滿結局到來之前，要如何讓主角墜入谷底？** 在經過錯綜複雜、設計精妙的悲劇之後，那個鈴聲更讓人感覺到深沉而真摯的幸福。

◆尋找變化的主體

這些巧妙設計不是只能用在悲劇到幸福的變化，在《羅馬假期》中，女王是從「稚氣又百無聊賴」變成「下定決心繼承王位」。另一個例子是《綠野仙蹤》（1939，美國），每個角色都有自己的**弱點**，對應到結局的「智慧」、「愛」與「勇氣」，顯得這些主題更有深度。

Point 觀眾是在「變化」中找到故事，因此可以先設定開場是如何「變成」結局的。無論故事規模多大，都可以由小變化組合出來。

● **變化的過程交給觀眾想像**

我們可以只寫變化前與變化後，讓觀眾去想像中間的過程。《羅馬假期》公主下定決心繼承王位的這段，也只有描寫到下定決心的前後，觀眾會有種自己發現故事的感覺。

STEP③

> 百無聊賴的公主
> →在男人的房裡睡著

▼

> 在男人的房裡睡著→在街上玩耍的公主（第一次出於自己的意志剪頭髮）

▼

> 在街上玩耍的公主
> →與男人一起逃走

▼

> 與男人一起逃走→下定決心的公主（在宮中宣示要成為女王）

STEP④

> 百無聊賴的公主
> →逃到陌生的街上，疲憊地睡著

▼

> 逃到街上睡著→男子（記者）以為她酒醉，帶她回家睡

▼

> 公主在男子家中睡著，男子醒著
> →男子發現她是公主

▼

> 男子發現真相，公主在男子家中醒來，想回到宮中→在街上剪頭髮（我是自由的）

▼

> 男子假裝巧遇→兩人約會，前往真理之口、祈願之牆

▼

> 兩人參加船上派對→兩人逃出國家情報員的魔掌，跳進河中

▼

> 兩人出逃，在河邊接吻
> →在宮殿前分別

▼

> 宮中的公主→公主與男子（記者）重逢、分開，最後的道別、公主的決心

同場加映 刻意將變化隱藏的技法

這一篇說明的是故事存在於變化之中，不過有一個手法可以把變化刻意隱藏起來。比方說梅特林克（Maurice Maeterlinck）的《青鳥》（L'Oiseau Bleu），主角為了追求幸福的青鳥而展開冒險，然而故事的「變化」不是他在旅途中找到青鳥，而是讓他察覺青鳥從一開始就在房間裡。故事乍看之下好像回到原點，但其實主角的「察覺」才是變化。有些故事乍看之下沒有變化，但是只要用心觀察就會發現變化藏在哪裡。觀眾是靠自己的力量找出隱藏的變化，也會有種在挖掘故事與主題的感覺。

利用衣笠理論「Xa→Xb」做出故事的「變化」

訣竅Ⓐ

利用衣笠理論「Xa → Xb」做出變化

產出變化的時候，可以用**「Xa→Xb」**的**衣笠（本書監修者）理論**，套用公式馬上能製造出**「各式各樣的變化」**。**X**是**變化的主體**，**a、b**是**變化的內容**。

故事的重點會是**變化的結果**，沒有寫出變化的結果，觀眾就不會記得。《虎豹小霸王》（1969，美國）雖然沒有拍出結果，卻透過定格動畫和槍聲，引導觀眾想像，這是一種強調變化結果的技法。

X：某人
ab：狀態

●X是主角

變化的主體，無論是人類、哥吉拉、功夫熊貓或其他星球上擁有智慧的海洋，只要能擬人化或套上人物設定就行。

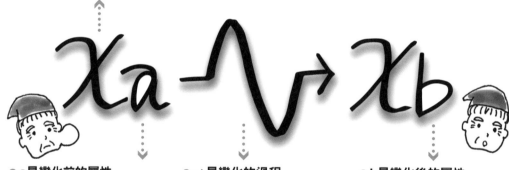

●a是變化前的屬性

Xa是主體變化前的狀態。

●→是變化的過程

可省略，也可安插意料之外的地點，讓變化更有趣。

●b是變化後的屬性

Xb是主體變化後的狀態。

Information

◆衣笠理論的誤用範例
① X 在半途換人
比方說原本是窮男人，半途換成千金女，**X換人就沒有故事可言了**。這種時候，可以讓「窮男人→窮上加窮的男人」、「窮女人→發財的女人」，兩個故事同時進行（卓別林《城市之光》，1931，美國）。或者設定**X**為一對男女，寫成「窮人家→有錢人家」的家庭故事。

② a 與 b 是不同類型
開頭是窮男人，結尾是蠢男人，這種設定會讓屬性產生質變，讓人搞不清楚主題是什麼。**a** 和 **b** 要搭配你想闡述的主題，做出「貧窮→豐富」、「聰明→愚蠢」的對比。時時提醒自己，**「→」**的前後對比就是你想描寫的主題，這樣才不會迷失方向。

③ a 與 b 一模一樣
開頭是窮男人，結尾也是窮男人，許多沒有靈感的創作者很容易落入這個陷阱。起始於「窮」的，可以在最後讓他發現自己的富有（如《風雲人物》），或者讓他陷入比起點更深層的絕望（這個過程中都帶有希望……常見於美國新電影），總之要盡量製造 **a** 和 **b** 的差異。

很多人會猶豫不知道怎麼設定變化，這種時候套用「Xa→Xb」的衣笠理論就解決了，而且還能找到故事的主題或結構上的問題。趣味在於「→」的「省略」與「吊胃口」。

 訣竅 B

透過範例培養變化之眼

例1：X＝公主
【a 稚氣】
→在羅馬街頭與陌生記者約會→
【b 捨棄自己的自由，肩負國家重任】

例2：X＝警長
【a 都市人討厭大海】
→與鯊魚奮戰→
【b 感受到大自然的莊嚴與美好】

例3：X＝哥吉拉
【a 入侵日本】
→再度將日本夷為平地→
【b 被打倒】

例4：X＝熊貓
【a 想當英雄的笨拙少年】
→不配當英雄？→
【b 成為英雄】

例5：X＝其他星球上擁有智慧的海洋
【a 不懂人心】
→探究人心導致人類崩壞→
【b 稍微懂得人心了】

例6：X＝人類
【a 地球上最弱的生物】
→被外星人挑戰→
【b 成為帶領地球的種族】

訣竅 C

變化過程可以省略

變化的過程是可以省略的，比方說只描寫人（X）走著走著（a）→倒在地上（b），省略倒下的過程（→），省略之後觀眾依然能理解變化後的結果。

● 省略是一種催化劑

你可以自行決定要省略什麼部分，如果是「a倒下→b被接住」，中間省略的**「得救的過程」**就會促使觀眾腦補。**讓觀眾詮釋留白的部分**是敘事上重要的手法。

可以省略

● 在變化中製造張力

在切分變化、編寫故事的時候，要把中間發生的小變化，設定成不同於大變化的方向。以TAKE04為例，將「**Xa**稚氣的公主**→Xb**負責的公主」，切分成「**Xa**稚氣的公主**→Xb**在街頭享受自由的公主」和「**Xa**在街頭享受自由的公主**→Xb**負責的公主」，故事中間的公主擺脫既有框架在街上玩樂，這個變化會讓故事更豐富。故事就是像這樣，**由各行其道的小變化組成曲折的劇情**，這些曲折也可以**吊到觀眾的胃口、讓人看得緊張刺激**。

師法古典戲劇結構
學習編寫故事與賣關子

訣竅Ⓐ

細分變化後吊胃口

將大變化切分成小變化可讓劇情拉長，吊觀眾的胃口，提高他們對於故事的興趣。也就是將「**Xa→Xb**」切成①**Xa→Xc**、②**Xc→Xb**（這個設計要有趣就得**a≠c≠b**，常見作法是「**c**為類**b**的煙霧彈」）。**X**應該要從**a**狀態變成**b**狀態，但是過程中意外變成**c**狀態。有一種切分法是從以前就很常見的，就是把整個故事切成四個部分。

訣竅Ⓑ

古典的戲劇結構是四分法

切分點是**中間轉折點**（ＭＰ）與轉折點（ＴＰ），若將「**Ｘａ→Ｘｂ**」視為ＸSTART→ＸEND，四幕結構就可以寫成①ＸSTART→Ｘ1TP、②Ｘ1TP→ＸＭＰ、③ＸＭＰ→Ｘ2TP、④Ｘ2TP→ＸEND。將這個①再繼續切分成四段，就能將兩小時的電影分解成小於一分鐘的片段組合。分解得越細，省略過程與展示變化結果的手法就會越容易使用。

●三幕劇	●起承轉合	●序破急	●辯證法
現在經常用於電影中的敘事方式。起源來自古希臘悲劇的三幕舞台劇。	將故事分四段處理。四格漫畫的典型敘事，經常被使用於日本的漫畫或劇本。起源是四行的唐詩。	日本的能劇和其他古典戲曲常使用的形式，出自雅樂的作曲法。雖是三段結構，但「破」可以再一分為二。	運用哲學家黑格爾的辯證法理論，透過「正反合」製造出新的觀點。
〔結構〕	〔結構〕	〔結構〕	〔結構〕
①**第一幕**：現狀 （第1轉折點 **1TP**）	①**起**：現狀	①**序**：寂靜的開始	①**命題**：正、現狀、日常、最初的前提
②**第二幕前半**：正面的變化 （中間轉折點 **MP**）	②**承**：別的角度	②③**破**：節奏出現，產生變化	②**反題**：反、挑戰、冒險、①改革的前半。正面。
③**第二幕後半**：負面的變化 （第2轉折點 **2TP**）	③**轉**：產生異變		③**反題**：反、挑戰、冒險、①改革的後半。負面。
④**第三幕**：結果	④**合**：結果	④**急**：急升	―並題：揚棄、整合― ④**合題**：合、結果、新世界、結局。 ①與②③結合，誕生新的結論。

Information

◆轉折點的功能

●**第 1 轉折點（1TP）**
開頭到第一幕先描寫變化前的 **Xa**（主角的日常）對於現況產生的不滿，接著就會插入 **1TP** 連接到第二幕。**1TP** 之後，挑戰終於正式開始，主角前往冒險。不過電影主題在這個階段還只是隔靴搔癢，有時候 **X** 在第二幕前半還會認識新世界的光明面。

●**中間轉折點（MP）**
第二幕的正中間插入 **MP**，是一種假性的解決和結局，描寫表面的幸福、勝利、戀愛果實（接吻等等）。宣傳素材通常會剪中間轉折點的前半部片。經 **MP** 之後劇情一轉，在第二幕後半開始出現新世界的黑暗面與真正的問題。

●**第 2 轉折點（2TP）**
在第二幕結束與故事高潮之間插入 **2TP**。主角 **X** 面對自己內心深處的真實，真正的主題也浮上檯面。經過 **2TP** 之後，主角重新開始挑戰，進入第三幕。第三幕描寫主角 **X** 真正的戰鬥，並整合第一幕和第二幕的內容（登場人物可能會再次大集合）。最終出現了這部電影真正的答案，在描寫 **Xb**（變化後的 **X**）之後迎向結局。

Point 「Xa→Xb」看似是單純的變化，但你可以切分變化的過程，在主角的旅程中給予錯誤的結論。這雖是很古典的戲劇結構，但這樣的敘事會讓你真正想傳達的答案更有真實感。

 訣竅 C

讓故事更曲折，吊觀眾胃口！

簡單的「Xa→Xb」變化在經過切分之後，也能組合出豐富的故事。

發生變化的動機
前往新世界，改變以往的狀態，展開冒險。

勝利的假象
看起來一帆風順，但那只是表象。

找出新的解決辦法
合併命題和反題的並題。

日常生活中的問題
普通的世界，缺少了一點東西。有問題存在，但是沒有變化，像是死的世界。

乍看是良性的變化
跳脫以往的日常生活，前往變化和改善的世界。冒險。一些事物到手。

真正的問題
不易發現的問題本質浮出檯面。主角必須獨自面對問題的核心。

真正的戰鬥
主角離開夥伴，一個人面對問題（真正的主題），最後勝利或失敗。

START		1TP		MP		2TP		END
	第一幕		第二幕前半		第二幕後半		第三幕	
	起		承		轉		合	
	序			破			急	
	命題			反題（非命題）			合題	
					並題			

同場加映
將人類歸納的戲劇結構融會貫通

這裡介紹的戲劇結構，只是故事理論的一個例子，變化不只可以由善轉惡。假如以命題、反題和合題為例，首先會有一個相對於命題（日常）的負面反題，看到反題的光明面後，兩相整合出合題，這種結構也是可行的。無論順序如何，都是在正負極兩端遊走，讓故事產生曲折，吊觀眾的胃口。戲劇結構並不是誰訂定的規則，而是數千年前開始人類相傳至今的經驗法則。卡關的時候可以求助於它，理解箇中原理之後更可以靈活運用。

※參考文獻：《先讓英雄救貓咪3：反擊戰！堅持寫下去的劇本術》（暫譯）布萊克·史奈德 著；
《實用電影編劇技巧》希德·菲爾德 著

布局一個故事的簡單三步驟

I

什麼是故事？沒有變化就沒有故事

寫故事是在烹調世界

故事是**人類理解世界的方法**，我們透過故事消化這個世界、品嘗滋味並攝取養分。故事創作者是世界的廚師，他們將食材去皮去骨，設計相得益彰的搭配，並加熱食材以利消化，他們還加了一點類似毒物的東西做調味，端出美味的餐點，滿足飢渴的人們，為人們帶來幸福。經過烹煮的現實素材，是一道世界的真相。

●技法的本質是「鬼臉捉迷藏」

故事布局有什麼獨門絕活嗎？其實故事之中並不存在任何特異的元素，只存在讓人感覺高深莫測的技法，一如烹調工作的精髓，端看廚師怎麼活用素材。一旦掌握了這個技法，你的故事就會更加引人入勝。這個技法的本質是什麼？其實就是嬰兒喜歡玩的**「鬼臉捉迷藏」**。

不見不見了。

興奮⋯⋯

哇啊啊。

不見～

故事布局的三個祕訣

①胃口吊到底

玩**「鬼臉捉迷藏」**的高手，一開始會露出完整的一張臉，接著遮起臉來發出疑惑的聲音，使人感到不安，然後手不斷半遮半開，或在指縫間露出眼睛等。高手是透過不安與期待吊人胃口，最後好不容易看到熟悉的母親笑容，幸福洋溢的嬰兒也哈哈大笑。引人入勝的原理與這個遊戲的玩法相同。

②設置障礙物

在故事要進行變化的時候，設置一些**障礙物**，讓劇情突然產生強大的張力。主角會與變化的障礙物產生衝突，這個衝突就具有吊人胃口的效果，玩**「鬼臉捉迷藏」**的時候也一樣，手都開到一半了，又莫名其妙遮起來。

③避免流水帳

主角一直在重複類似的事件，沒有大的**「Xa→Xb」**變化，這種劇情叫做**流水帳**。以刑警劇為例，除了每一集有變化，如果整季的劇情可以設定成「報到（相遇）→邊緣人成為團隊的一員→殉職（分離）」之類的變化，可以帶來整季的滿足感。每個事件都是一個變化，而整體劇情也必須有變化。**「鬼臉捉迷藏」**也是如此，嬰兒最後要看到母親的笑容才會滿意。

引人入勝的故事需要一些寫作訣竅，而且只要學會這種技法，就能寫得出故事。你需要準備的只有筆記本，試著使用這裡介紹的技法，透過兩步驟或三步驟實際試寫看看。

 訣竅**c**

故事布局的三步驟

STEP①先設定故事最後的「Xb」
可以是一個場景也可以是一種狀態，只要有「男子在海邊看海……太陽西下」之類的就夠了。這個例子的**X**未必是**男子**，也可能是**大海**。

▼

STEP②設定與Xb完全相反的Xa
依據①設定的**X**和**b**，設定完全相反的**a**。若「**X＝男子、b＝傍晚的海邊**」，則「**a＝黎明的山頭**」，也就是說「**Xa＝站在山上的男子…太陽升起**」。

▼

這個階段的「**Xa→Xb**」已經有一些故事性了，如果沒有的話，可能是**X**、**a**或**b**有問題，不妨重新設定看看。這個階段可以用文字描述，不過如果想要更長的故事，就前進到STEP③。

▼

STEP③設定變化的過程
Xa與Xb之間經歷了什麼變化？設定一個不同於①②中**a**與**b**的狀態**c**。沒靈感的話，就將**c**設定為**b**的煙霧彈。

【「Xa→Xb」故事範例】

例1：（X＝男、b＝站在海邊）←（a＝路上開車）
男子在路上狂飆跑車。他失去車子，在海邊凝視晚霞。
例2：（X＝男、b＝海邊夕陽）←（a＝山上晨曦）
男子背對著山頂的晨曦。日落，他獨自佇立在海邊。
例3：（X＝大海、b＝男、人類）←（a＝原始生命）
原始生命從海邊登陸。經過演化後，人類佇立在海邊。

【擴寫成「Xa→Xc→Xb」的範例】

例1：（c＝車禍毀損）
男子在路上狂飆跑車。車子撞到樹後，他開始走路。在海邊凝視晚霞。
例2：（c＝參加慶典）
男子背對著山頂的晨曦。他參加鎮上的慶典，但是語言不通。日落，他獨自佇立在海邊。
例3：（c＝哺乳類的祖先）
原始生命從海邊登陸。火山爆發，恐龍屍橫遍野，小小的鼠類（哺乳類的祖先）在一旁逃竄。倖免於難的鼠類經過演化後，成為佇立在海邊的人類。

同場加映

反覆嘗試就能得到源源不絕的靈感

如上所示，走一遍STEP①②③的設定之後，可以得到一句故事大綱，大綱可以再進行修改。如果想要仔細說明留白的部分，不妨將c切分成d和e，這個切分法可以使用無限次。走這個步驟的時候，一定要使用手機或筆記本做紀錄，不然只在腦中做沙盤推演很快就會卡關。而且客觀審視這些內容，也能發揮更多想像力。先把腦中的想法寫下來，才會得到下一個靈感。凡事起頭難，不過做習慣了就會越來越順手。

漫畫改編電影的辛酸血淚

片岡Reiko〔電影導演、演員、創作者〕

我過去曾從事配樂、繪畫等藝術創作活動，因此我不是「想拍電影所以要想故事」，而是「我想描繪些什麼所以要拍電影」。我的目標一直是拍片，不過等到我遇見某部少女漫畫才走到了這一步。

這部漫畫將青春期那種糾結的愛，以昆蟲和食蟲植物的精靈表現，我深受這種神祕世界觀所吸引，憑著一股「好想改編成電影」的熱情就開跑了。我到處勞師動眾，卻卡在真人電影難以表現虛構世界的困境之中，經歷各種失敗與嘗試，最後判定以現況而言窒礙難行，決定暫且擱置這個企劃。

然而，在我碰巧為了這部片的服裝拜訪古著店「戾橋modoribashi」時，店裡那種明治、大正時期的懷舊感氣氛使我著迷，彷彿是闖進了自己寫過的歌曲〈玩偶之家〉的世界。我的故事就這樣漸漸推展下去，我後來選擇以「戾橋」當舞台，先拍出了歌曲同名電影《玩偶之家》（人形の家）。

我籌拍前部作品時把拍攝計畫想得太輕鬆，誤以為「電影這麼好拍的嗎」，其實是誤打誤撞的新手運好結果。四年後的現在，碰巧天時地利人和一切到位，才能奇蹟似完成一開始提到的漫畫改編電影《豬籠草森林》（ネペンテスの森）。

有了這些經驗，如果我可以分享些什麼，那就是寫電影劇本時，盡量**「設定為有影視化可能性的內容」**這件事吧（笑）。做動畫的話就又另當別論了。

此刻，我正在改編一本江戶時代的武士小說，將劇本設定為明治時期的貴族，並如火如荼籌備找外景地。

每個人都有自己的感受力，在遇到讓你的感受力大為震盪的事物時，千萬不要輕易放過它。只要你有創作的強烈渴望，你的劇本就是非你不可的獨特作品，也可能成為舉世聞名的經典電影。

2020年發表，首部執導長片《玩偶之家》

2022年完成使用特效、VFX的《豬籠草森林》
（原作/Kanemori Ayami《豬籠草之戀》〔ネペンテスの恋〕）
攝影指導：安田淳一/美術指導：清水Masako

Information

◆片岡 Reiko〔電影導演、演員、創作者〕
從就讀京都市立藝術大學時開始體驗膠捲電影的製作，製作過 MV、短片和版畫，同時擔任全職平面設計師，八年後自立門戶。以整體藝術（Gesamtkunstwerk）的電影製作為目標，近年總算如願以償。2020 年，首次執導以京都為舞台的懷舊奇幻長片《玩偶之家》，並在大阪 Theater Seven 首映。短片《受歡迎的小丑》（もてもてピエロ）入選夕張國際電影節，並在義大利 Night of COMEDY SHORTS 獲得 semifinalist。2022 年發表最新作《豬籠草森林》。

精準調度觀眾的情緒

這章節從這個簡單的法則出發：把你想到的一個場景設定為故事的結局。接著要如何建構劇情、塑造角色、吸引觀眾進入故事，甚至到發想靈感的方法，這些讓故事趣味橫生的訣竅，都會一口氣全數公開。

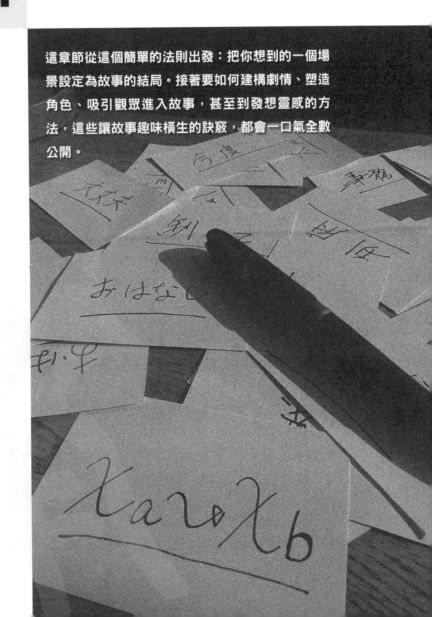

創作故事的魔法：
操控時間

訣竅A

電影中存在三種時間

①觀眾看電影的時間

這是現實世界看電影的時間，時間流逝的方向和速度是固定的，可以用時鐘測量，是**電影外的時間**。

②電影中的時間

這是電影敘事的時間，有可能是幾百年，可能倒敘、插敘、慢動作或縮時流動，這是我們的**體感時間**。

③電影創作者的時間

將電影中的時間轉化為觀眾看電影的時間，就是**創作者的時間**。也可以說是創作者的特權。

●電影是從頭開始看，故事是從尾開始構思

魔術師知道自己的手杖最後會變成花束，因此施展魔術之前，要提醒觀眾這是普通的手杖。說故事時也要設計好最後的結局，引導觀眾往結局前進，最後如魔術一般抵達終點，擄獲觀眾的心。觀眾是從頭看到尾，構思一個故事則是由尾到頭，**這就是打動觀眾的魔法**。

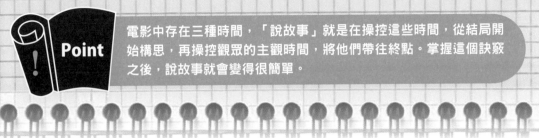

訣竅Ⓑ

想到什麼畫面，就設定為結局！

把你想到的場景設定為結局，這樣比較好找到故事。我們來進行以下的練習。

STEP①
想像一家三口在街上行走，他們是30多歲的男女和10歲的孩子。

STEP②
想像他們10年後的模樣，男女40多歲，孩子20歲，未來會發生什麼事？

STEP③
接著再想像他們10年前的模樣。

● 推理原因，易於預測結果

想到了嗎？STEP②的10年後是不是很難想像？孩子的未來有太多可能性，反而不容易寫出細節。而STEP③的10年前，你可以想像孕婦的辛苦、孩子的誕生等等，這些都是更有現實感的過去。**比起預測未來的結果，人類更善於推理過去的原因。**構思故事也不例外，你把自己想到的畫面，設定成事件的結果與結局，再倒推成因，這種做法會輕鬆得多。

推理易於預測！

10年前

30多歲的男女、10歲的孩子即將／曾經發生什麼事？

10年後

從結尾開始
試寫一個故事

訣竅

善於推理者構思故事的方法

你在照顧一個小孩，現在要哄他睡覺。

找想聽床邊故事！什麼都可以。

啊，咦？……

喔～

對了，一位美麗的公主殿下騎著哈雷機車奔馳，你知道嗎？那是種很帥的機車！

海岸一路延伸延伸……

…好，結束了。

…………

太不會講故事了！

你該怎麼改進呢？

● 故事卡關時可以這樣做

STEP① 把想到的場景設定為結局
你一開始就犯了最大的錯誤：**把你想到的場景放在開頭，構思之後發生的事**。但其實這個場景**應該要放在結局**。「公主殿下騎著哈雷機車在海邊奔馳」是個很棒的場景不是嗎？

STEP② 設定與結局相反的開頭
主角**X**是公主，結局**Xb**是她自己騎車奔馳，因此**b**是**「自由」**，自由的相反就是**不自由**。除此之外，**一人→多人，海邊→封閉的室內**，這樣就找到開頭的**Xa**了：「公主在宮中被大量的僕人包圍，生活富裕卻無聊又綁手綁腳，每天都不自由」。

STEP③ 設定「Xa→Xb」的變化過程
為什麼產生變化？理由設定為公主的**心境**：「她嚮往自由而逃出宮殿，買了一台她嚮往許久的重機，墜入愛河，她與他一起騎車奔馳，以後或許能自由地在外面生活」。這大概是中段出現的劇情。

STEP④ 設定變化中的障礙
阻礙公主自由的是什麼？可以設定成**「宮中的追兵」**。公主與情人得到暫時的幸福，接著就是折返點，**「追兵拆散了公主與情人**（脅迫他家人），公主意志消沉返回宮中。」

STEP⑤從高潮處帶往Xb的結局

設定一場公主的婚禮（政治聯姻），讓她穿著婚紗上機車，討人厭的未婚夫將哈雷機車當作禮物送她也會滿有趣的。「未婚夫在公主婚禮當天與哈雷一起出場，公主騎車逃逸，國王也眨眼表示：『去吧女兒』。」

STEP⑥在整篇故事中安排伏筆

故事大致上成形之後再來安排伏筆，比方說年幼時對於哈雷的憧憬、宮中臥房裡有哈雷的海報等等，還可以設定讓公主從公務車中，看到街上櫥窗裡的哈雷。**未婚夫：「妳想要什麼禮物？」公主：「那台哈雷！」**這樣的對話也能成為高潮戲的伏筆。結局的**Xb**之後，還可以安排主角與情人的重逢，**兩人一起看向夕陽**的老套場景。

▶把上述的內容串連起來，就完成一個晚上的童話故事了。當然這只是對於結局的一種「推理」，你想到的或許是其他故事。

START!

公主在宮中過著沒有自由的無聊日子，她的臥房貼著**哈雷機車**的海報，她從小看到哈雷就很嚮往。她與**討人厭的未婚夫**搭公務車上街，被問到婚禮想要什麼禮物，她的回答不是寶石，而是櫥窗裡的哈雷。**公主回到宮中之後又逃出宮外，買了台她嚮往已久的哈雷開始逃亡。**海邊，她**與青年墜入愛河**，打算在其他城鎮過自由的生活。沒想到宮中的**追兵以他的家人作要脅**，公主意志消沉返回宮中。婚禮當天，未婚夫與哈雷一同出場，本來是要公主上後座，沒想到**公主搶走機車逃逸**。國王也眨眼表示：「去吧女兒」。公主穿著婚紗奔馳到回憶的海岸。她聽到另一台哈雷的聲音時**以為是追兵，回頭發現是她的情人。兩人一起朝著夕陽騎車奔馳。**

END!

不自由
多人
封閉的室內

自由
2人
海岸

哇～好有趣！

找到故事的方法①
認識典型範例

II
精準調度觀眾的情緒

訣竅

典型的劇情組成（參閱 P.120 附錄①）

過去已有許多人研究劇情組成，並將典型的劇情組成規格化整理成P.120附錄①的**「劇情表」**。以下說明表中的各項目。

● **命題**
日常、前提、等待變化的世界，潛藏著該解決的問題。像剝洋蔥般逐一介紹主角的公領域、私領域和真心。

● **1TP（第1轉折點）**
下定決心、出發、變化或冒險的開始。

● **反題前半**
新的景色、同樣的地點也有不同之處、變化的光明面、充滿歡樂與希望、表面的幸福。邁向中間轉折點表面上的解決。

● **MP（中間轉折點）**
中間地段、故事整體的虛假誘導、勝利的假象或表面的幸福。通常在這裡前後會出現吻戲或床戲。

● **反題後半**
變化的黑暗面漸漸浮現，真正的敵人與問題的本質出現。

● **2TP（第2轉折點／並題）**
面對問題的本質之後，找到自己的職責。前往最後之戰，重新出發。

● **合題**
與過往的糾葛正面交鋒、超越彼此、產生新的觀點，邁向最後的解決。

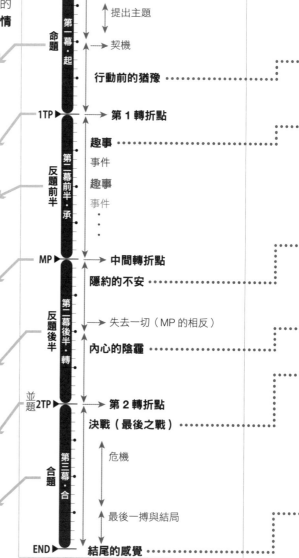

START▶ — 開頭的感覺 ……
　　　　　設定 ……
　　　　　　↑ 提出主題
第一幕·起
命題
　　　　　　→ 契機
　　　　　行動前的猶豫

1TP▶ → 第 1 轉折點
　　　　　趣事 ……
　　　　　事件
第二幕前半·承
反題前半
　　　　　趣事
　　　　　事件

MP▶ → 中間轉折點
　　　　　隱約的不安 ……
第二幕後半·轉
反題後半
　　　　　→ 失去一切（MP的相反）
　　　　　內心的陰霾 ……

並題2TP▶ → 第 2 轉折點
　　　　　決戰（最後之戰）
第三幕·合
合題
　　　　　↑ 危機
　　　　　↑ 最後一搏與結局

END▶ 結尾的感覺

※參考文獻：《先讓英雄救貓咪3：反擊戰！堅持寫下去的劇本術》（暫譯）布萊克·史奈德 著；《實用電影編劇技巧》希德·菲爾德 著

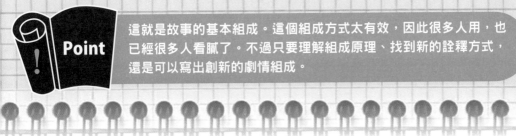

- ●**開頭的感覺**⋯電影一開始的感覺，也是與結尾的感覺相連的伏筆。

- ●**設定**⋯說明情況。看到變化前的**Xa**，讓人期待有什麼變化。
  - ●**提出主題**⋯漸漸感覺到主題是什麼。
  - ●**契機**⋯主角**X**開始改變的契機，有什麼打動了主角的心。

- ●**行動前的猶豫**

  行動前的障礙，這是讓主角的變化看起來不容易的一種設計。
  可以藉助心靈導師的力量克服障礙，或是讓情況變得無法回頭。

- ●**趣事**

  可用於電影宣傳的部分。在愛情片中就是兩人感情融洽的片段，在恐怖片中就是有東西來了，英雄片則是強悍帥氣的場景。在觀影前看這段就會知道「這是哪種類型電影」。
  - ●**事件**⋯不同於**「Xa→Xb」**這種電影整體變化的「小變化」。
    假設主線劇情是獲得自由，支線事件就是談戀愛或化敵為友。

- ●**隱約的不安**

  不安越來越明顯，敵人漸漸逼近，一種不好的預感。
  - ●**失去一切**⋯表面上的解決方案分崩離析。
    面對問題本質的條件全部到位。

- ●**內心的陰霾**

  獨自面對內心深處的問題，通常是獨自或兩人，陰霾很龐大。

- ●**決戰（最後之戰）**

  真正的挑戰。理解問題本質後進入戰鬥，可以讓所有角色重新登場，或者團隊重新集結。
  - ●**危機**⋯吊人胃口，最後之戰的贏面不大。
    夥伴們一一倒下，想要挑戰強大的敵人卻沒有勝算等等。
  - ●**最後一搏與結局**⋯透過主角本質的力量逆轉。
    結局可能是主角的幸福、不幸、重生或死亡。

- ●**結尾的感覺**

  電影最後的氣氛、感覺。讓觀眾對這部片產生整體的印象。開頭與結尾的感覺對照著看，就能看出全片的主題。

※「劇情表」可至本書監修者的網站「映画制作の教科書シリーズ」下載：http://filmmakebook.minatokan.com

找到故事的方法②
用「劇情表」建構故事

II
精準調度觀眾的情緒

訣竅A

從念頭走向建構

一開始只要有一個念頭或單字就足夠，反正之後想修改多少次都可以，總之想到什麼都先全部輸出。發想靈感時可先用紙筆寫下來，習慣之後再改為電腦作業。

STEP①從結尾的感覺開始設定

想想看那會是什麼場面，先寫個大概即可，之後再進行新增或修改。

· **結尾的感覺：獨自離開村莊的男子。**

STEP②試寫與結尾的感覺Xb相反的Xa

主角怎麼了？**b**要設定成什麼狀態？相反的**a**呢？

· **開頭的感覺：獨自回到村莊的男子。**

（可以設定成你故鄉的村莊！）

STEP③重複STEP①與②進行擴寫

擴寫結尾的感覺、開頭的感覺或設定的部分。

· **設定：男子不受歡迎。**

· **結局：男子依依不捨消失蹤影。**

※鄉里是否接納男子可以就是一段情節。

· **設定：為什麼一開始不受歡迎？**

→年輕時作惡多端，家人與他斷絕關係。男子洗心革面回鄉。

STEP④MP設定為假的結局

幸福的假象等等。

· **MP：男子融入村莊。**

STEP⑤思考戳破假結局的事物

這是第二幕後半會浮出檯面的敵人。

· **隱約的不安：再次失去信賴。**為什麼？

→以前作惡多端。→現在即便是為了保護村民也不再出手。→戰鬥對象是村民的敵人。→設定為黑黨。（以上為思路）

※本片的主題可能是暴力的意義。

· **失去一切：妹妹被黑手黨綁架。**

→失去村民的信賴。

· **內心的陰霾：他為什麼放棄暴力？**

→情人離世，發誓不再使用暴力。→現在的他是神職人員（！），但是他接受正義的暴力，無論自己會不會失去歸屬。

※第一幕設定男子在教會或寺廟工作。

STEP⑥主題漸漸清晰，梳理起承轉合

· **命題/起：男子回到故鄉。**無法回家的男子重新在村裡認真工作。與妹妹重逢。

· **反題前半/承：男子融入村莊。**暗戀妹妹的黑手黨跑來糾纏。→男子表明自己傳說中的惡煞身分，趕走黑手黨。

· **反題後半/轉：敵人發現男子不使用暴力。男子無法依靠。失去妹妹。**

· **合題/合：男子與黑手黨奮戰，奪回妹妹。**→但是手段太殘暴，使村民忌憚。

STEP⑦如果有想法的話，就讓細節更飽滿　試著填補空白部分。

Point 前前後後過一遍劇情，新增各種元素並將其排列組合。如果有什麼靈感，再補上需要鋪陳的地方、追加引爆伏筆的環節等等。

START ▶ 開頭的感覺
　　　　設定
　　　　　　↑ 提出主題
命題 第一幕·起
　　　　　　→ 契機
　　　　行動前的猶豫
1TP ▶ 第 1 轉折點
　　　　趣事
反題前半 第二幕前半·承　事件
　　　　趣事
　　　　事件
　　　　　：
MP ▶ 中間轉折點
　　　　隱約的不安
反題後半 第二幕後半·轉
　　　　　　→ 失去一切（MP 的相反）
　　　　內心的陰霾
並題 2TP ▶ 第 2 轉折點
　　　　決戰（最後之戰）
合題 第三幕·合
　　　　　　　危機
　　　　　　　最後一搏與結局
END ▶ 結尾的感覺

訣竅 Ⓑ

細節處想到什麼寫什麼，讓故事更飽滿

- ·**開頭的感覺**：一名僧侶抵達某處的村莊。
- ·**設定**：僧侶開始在僧院生活。他將祈禱用的聖具寄放在知道自己祕密的老僧人那裡。
- ·**契機**：村民前來祈禱，僧侶注意到某個家庭。
- ·**行動前的猶豫**：僧侶來到他們家門口但沒有進去。
- ·**事件**：與任何人都沒有交集的他，某天遇見一位自閉症少年，兩人培養起了友情。單親的年輕媽媽也漸漸接納了他。
- ·**趣事**：僧侶與那個家庭的女兒心靈相通，他曾是個惡煞，被村民逐出村外，也是女兒的哥哥。黑手黨的首領追求女兒，並想帶她離開。僧侶露出臉和刺青：「你出頭天了啊？」「大哥！」黑手黨退散。身分暴露的僧侶想要離開，卻被妹妹挽留，家人、少年和村民也挽留他。他返回故鄉。
- ·**中間轉折點**：母親、僧侶與少年在家中吃晚餐，一家和樂。
- ·**隱約的不安**：黑手黨首領調查僧侶的過去。暴力導致情人之死、她的聖具、出家、否定暴力的理念。首領捲土重來。
- ·**失去一切**：僧侶受到威脅，妹妹被綁架。
- ·**內心的陰霾之後**：獨自蹲坐在地的僧侶。老僧將她的聖具交給他：「去做她最期待看到的事吧。」僧侶站了起來。
- ·**決戰**：僧侶襲擊首領。他很強大，手下紛紛被擊敗，但是沒有取走任何人的性命。村民也拿著武器前來。
- ·**危機**：首領以妹妹為人質。僧侶丟下武器蹲下，首領走上前來想給他最後一擊。
- ·**最後一搏與結局**：僧侶拿著聖具祈禱。將聖具刺向敵人，沒有給予最後一擊。妹妹、父母、少年、母親、村民都注意到這悲慘的場景。村民與僧侶拉開了距離。
- ·**結尾的感覺之前**：老僧：「你要走了吧。」僧侶拿著聖具與教典離開村莊。村民與故鄉目送他離開。

同場加映

增添的要素會改變故事走向

如果將劇情主軸改為妹妹的婚事，並將男子的特徵改成「浪跡天涯」，這個故事就會很類似《男人真命苦》（1969，日本）。如果再抽換其他各種要素、重新淬鍊靈感，可能變成《大鏢客》（1961，日本）、《犬神家一族》（1976，日本）、《狼將奇兵》（1984，美國）或《原野奇俠》（1953，美國）。繼續多添加一些巧思的話，就是原創劇本了。即便概要很雷同，故事依然會因你構思和添加的元素而改變。

※參考文獻：《先讓英雄救貓咪3：反擊戰！堅持寫下去的劇本術》（暫譯）布萊克·史奈德 著；《實用電影編劇技巧》希德·菲爾德 著

找到故事的方法③
靈感枯竭時刻的救命稻草

訣竅A

劇本難產也不必焦急

TAKE11中提到，只要有念頭和單字就足以寫出故事，不過一開始應該還是很難下筆（我也不例外），畢竟我們一直被教育要「將事實梳理整齊了再說出來」。建議你突破這個框架，學會當一個**大說謊家**。寫慣劇本之後依然會遇到撞牆卡關、無能為力的時候（現在的我就是如此），此時不妨回想以下訣竅，當作你的救命稻草。

訣竅B

卡關時的魔法咒語

●「最荒唐的解決法」

先找一個最蠢最狂的解決法，硬把它套進故事中，這個方法用久了就是最實用的辦法。但我們常會下意識地否決這類點子，因此不妨把它當咒語一樣背誦。比方說，想讓主角與別人相遇的時候，可以使用**「與故友重逢」**這個單純的套路。千萬別不屑一顧，很多故事都會為了提升效率大量使用這種套路。

Information

- -

◆冒失的搗蛋鬼才能革新世界

上述方法可以幫助你解構自己在潛移默化中內化的道德規範。先不要想如何擠出好的想法，而是試著找出簡單粗暴的胡鬧方案，這樣做正好可以幫助我們與目前的關卡保持距離。一開始，你內化的道德規範無形中壓抑你、讓你心生抗拒，不過只要走過這一關，就可以找到讓你會心一笑的合適答案。經典電影和名場面的誕生，都是因為推翻了常理。

- 家庭劇的主角設定為黑道→名為阿寅的角色→成為日本最有名的電影。
- 如果武士的主人是農民！→《七武士》（1954，日本）
- 日本時代劇中，有一個如西部牛仔般手持連發手槍的男子！→《大鏢客》（1961，日本）
- 在汽車追逐中想先抄到敵人前面→爬山崖抄小路！→《魯邦三世 卡里奧斯特羅城》（1979，日本）
- 主角不想被怪物吃掉，於是撒了一個愚蠢的謊→《哈比人：意外旅程》（2012，美國等）

精準調度觀眾的情緒

II

Point 再怎麼絞盡腦汁都沒有頭緒時，不妨先離開現場，讓自己的心自由。心靈自由時萌生的靈感，乍看之下簡單粗暴又愚蠢，卻是一顆璞石。

●「反其道而行」

需要靈感又靈感枯竭的時候，你需要換一個角度，**反其道而行**。

【例】構思一艘帥氣的宇宙戰艦→未來戰艦的相反是……老舊的戰艦→太平洋戰爭的大和號戰艦科幻版以及宇宙空間！

●「善與惡的極端值」

舉例而言，不知道該怎麼讓角色更立體的時候，先列出最好與最壞的朋友，然後推至極端。從好人到人渣都塞進故事裡套用，看看哪一種角色發揮出更好的功能。

●「極端值的減法」

不上不下的情況很難描寫，如果要寫「悲傷」，可以設想角色大吼大叫或自殺，**先寫出極端值再用減法刪減**。

【例】你寫不好「在咖啡廳被甩了之後很沮喪」的場景。不妨先從極端值來設想。

試寫A：在咖啡廳優雅喝下午茶。收到訊息。看到訊息後低下頭來，不斷拍打桌子，大喊「〇〇是混帳！」旁邊的人都很驚嚇。場景轉換，夜晚，他準備上吊……
試寫B：喝下午茶的時候看到訊息，握緊拳頭。

先寫出上述的試寫範例A，接著寫B的時候應該就可以想像這個角色的沮喪要落在哪個光譜。

同場加映 擺脫世俗思維，反璞歸真

我小時候有一個朋友，他跟我分享他將自己的「獨家法寶」收進抽屜中的經驗。事到如今我想也想不起來那些獨家法寶是什麼，總覺得應該都不值一提。小時候擁有的感受力，很容易在長大的過程中被消磨，不妨與自己內心中沉睡的孩子，稚氣、天真爛漫又自由的孩子，來一場快樂的對話。先不要理會你心中只會批評「這個沒用」的大人，只有孩子才能勇敢說出「國王沒穿衣服」。

讓觀眾有參與感的故事①
用祕密製造代入感

訣竅Ⓐ

與觀眾分享祕密

分享祕密是個讓觀眾對於故事產生參與感的好方法。只有電影外的觀眾才知道某個角色的祕密，主角身邊的人都不理解他，在這種情況下，觀眾就會對角色產生代入感，反派也不例外。

●仙杜瑞拉的祕密

只有神仙教母和你這個觀眾，知道參加舞會的主角家境貧困，因此當仙杜瑞拉甩開產生疑心的王子，在午夜離開舞會時，你就會代入這個角色。舉例來說，觀眾看到王子尋人，神仙教母試圖說出真相卻被反派阻撓，心情上會很提心吊膽。

●祕密的類型

①觀眾和主角知情，其他角色不知情

讓觀眾知道主角有祕密，若能強調其他角色都不知情，效果會更好。在祕密尚未揭曉的情況下，主角處境越艱難，觀眾越容易有代入感。

②觀眾知情，主角不知情

在奧森威爾斯《歷劫佳人》（1958，美國）開頭，只有觀眾知道車上設置定了時炸彈。觀眾看到一無所知的主角，都會為他捏把冷汗。

③角色們和觀眾都知情

角色們不知道彼此的祕密，但是觀眾知道。這樣的設計可以把觀眾要得團團轉，比如說讓角色裝傻互相隱瞞，或者讓角色之間彼此試探。經典的類型包括《神探可倫坡》系列等倒敘的推理故事。

提心吊膽⋯

快告訴他妳的名字⋯！

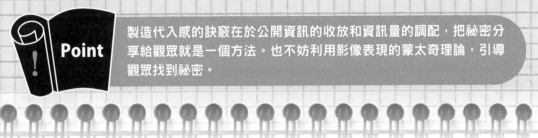

 訣竅B

讓觀眾發現祕密

挖掘祕密的過程與解謎一樣有趣，製造懸疑、**吊吊胃口再給觀眾答案**，這是推動劇情的原動力。舉例來說，不要直說**「男子因為快遲到了所以在奔跑」**，而是先給一個男子奔跑的場景，讓觀眾困惑，再揭示原因**「他快遲到了」**。這是電影很常使用的一種手法，可以讓觀眾有參與感。

● 找到答案的喜悅

讓觀眾自己找到答案，能獲得更大的成就感。與其說明**「他快遲到了」**，不如透過頻繁看手錶之類的舉動，讓觀眾自己發現，這樣的答案更有說服力。

● 解謎時善用觀眾的誤以為

觀眾看著銀幕，銀幕中的角色正在看著某些東西，神奇的事情發生了，**觀眾會代入這個角色，感覺自己看著角色眼中的東西**。而當知道那是什麼東西時，觀眾就會以為角色的感受與自己看到的時候相同。

● 解謎時使用「庫勒雪夫效應」

這個「以為」是一種**庫勒雪夫效應**，揭開謎底時常常使用到。與其讓角色說「我快遲到了」，不如讓角色看手錶，觀眾會自行聯想並體會主角的感受。（「庫勒雪夫效應」的詳情可參閱TAKE18）

同場加映

留意影像語言的獨特性

說故事不同於一般的解釋說明，說故事時通常會刻意留白讓觀眾自行想像。小說和電影雖然都要敘事，遵循的卻是不同的敘事規範。小說可以直接刻畫人物內心，但電影基本上只能針對可見可聞的部分進行外部描寫，於是電影一直在發展以外寫內的敘事手法，透過各種外部描寫的技巧，讓觀眾想像角色的內心並建構故事。希區考克導演的許多作品也善於外部描寫與省略手法，其中以《驚魂記》（1960，美國）最值得參考。

讓觀眾有參與感的故事②
用「省略」製造留白，推進故事

訣竅

省略過去

故事即**「Xa→Xb」**變化，觀眾只要知道變化後的結果，就能推測原因。（ 參閱TAKE08訣竅Ⓑ）

好比說描寫一對情侶在一起，不要直接寫「一人→相遇→一對情侶」，

可以**省略**過程變成

「一人→（相遇→）一對情侶」，

也可以只有結果「（一人→相遇→）一對情侶」。

過去是可以省略的，但是未來不容易想像，所以最好避免

「一人→（相遇→一對情侶）」或

「一人→相遇（→一對情侶）」的省略方式。

● 常用的省略手法

對觀眾而言，**結果是第一重要的**。只要看懂結局就能理解是什麼意思。事件或場景切換的時候常會用到省略的技巧，來看下列的實例。

● 《丹下左膳餘話 百萬兩之壺》（1935，日本）

女：「你去送那孩子吧。」

男：「不要，我絕對不去，無論如何都不要。」

場景切換，男子在路上為孩子送行。

女：「要讓孩子去上私塾喔。」

男：「不，他要去的是道場，反正他一定要學劍術。」

場景切換，男子與孩子坐在緣廊，他看著宣紙。

男：「喔喔，你書法進步了嘛。」

▶這個例子中反覆使用了省略手法，除了能看出男子對女子和小孩的想法，從這種重複也可以想像關係的變化。

● 《太空大哥大》（2000，美國）

一名太空人抱著必死的決心，前往月球維修核彈，其他船員飛回地球。月球表面、人的足跡。鏡頭往前追蹤，拍到坐著的太空人。雖然看不見裡面，但是護目鏡上有地球的倒影。

▶省略表情，讓人推測他最後一眼的風景，並對他的心情留下強烈的印象。

Information

◆省略的必要性

省略手法在電影中之所以重要，理由如下：

①避免執行、預算、分級制度等各種繁瑣的限制。

②焦點放在劇情的必要段落，去蕪存菁。

③保留想像的空間反而能留下強烈的印象。

④留白部分可以製造懸疑感，讓人期待後續發展。

◆留白處是故事的推進力

省略手法的應用範圍很廣泛，在小地方也能成為一股推進力。比方說「坐在餐桌前的女子→出門→早餐留在桌上沒有吃」。光是這個場景，就足以讓人好奇她為什麼沒吃早餐。呈現結果即可，留白處可以製造懸疑。觀眾看了心生好奇，就會繼續看下去。省略的片段和省略的方式，直接關係到故事的推進力。

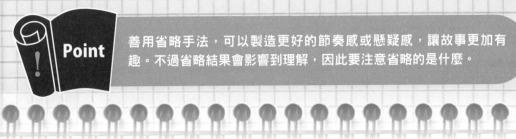

II

精準調度觀眾的情緒

● 《後窗》（1954，美國）

開頭，房裡的攝影機橫搖，拍到世界各地的報導照片，其中一張照片中的F1賽車飛了起來，脫落的輪胎衝著鏡頭而來。接著鏡頭拍到打石膏的腳，上面寫著「xxx的右腳長眠於此」。鏡頭往後，主角坐在輪椅上用望遠鏡眺望窗外。

▶這場戲大膽省略了情境說明，卻可以拼湊出**「新聞攝影師被F1的意外波及受傷，正在治療骨折的傷勢」**的概況。

結尾，女主角很猶豫婚後要不要和主角出遊。在她的幫助下，主角打倒了犯人但也跟著摔出窗外。接著回到後窗看出去的日常，鏡頭移動，這次拍到雙腳的石膏。女主角在主角旁讀著旅遊書，但是一看到他在睡覺，她又開始讀時尚雜誌並露出微笑，最後畫面淡出。

▶結尾呈現出變化後的結果，**表示他另一腳也骨折了**，而且還看得出他與女友的關係有了進展。旅遊書讓人猜測「最後是不是結婚了」，但是偷讀雜誌的舉動又**預示會有一些波瀾**，本片**將省略手法用得非常巧妙**。

● 《大白鯊》（1975，美國）

船上，海洋學家：「只能從籠子往口中下毒了。」
警長：「別胡鬧！」
海洋學家：「那你說要怎麼辦！」
警長似乎還想回嘴。接著籠子入鏡，警長一臉不滿地幫忙組裝。

▶**省略吵架的過程**，用對話連接吵架的開始與另一個結果的場景。雙方對立才能製造觀眾的不安，但是拍出吵架過程又顯得鬆散，於是使用**省略手法造成極度的不安**，接著切換到籠子的準備，**做出緊湊的節奏**。

▶《大白鯊》從頭到尾都**沒有拍出大白鯊**。省略這個怪物主角，觀眾反而更有想像的空間。每一個需要解釋下場的場面都會**強調結果**，比方說尖叫的女子被拖進海中，大海歸於寧靜。血跡斑斑破掉的塑膠泳圈和沉入海底的腳也都是。警長的兒子得救時也清楚拍出腳來，以結果說故事。

同場加映 向觀眾交代事件結果的「吐槽力」

這一篇介紹的省略方法，說明只要看懂結局就能理解事件的意義，而在交代重要資訊與事件時，這一點也必須特別留意。換句話說，觀眾錯過事件過程與開頭都沒關係，至少要清楚交代結果讓他們看懂。如果擔心表達得不清楚，可以反覆多戳幾下，這個原理好比漫才的吐槽，吐槽不但讓觀眾再次確認並注意耍笨者的奇怪結論，而且具備提升笑點的功能。同理可證，事件的結果要再三強調、表達清楚，由此可見，「吐槽力」是很重要的。

讓觀眾有參與感的故事③
吊胃口、解謎與意料之外

II
精準調度觀眾的情緒

訣竅Ⓐ

電影的趣味性，在於「預感」

其實電影中發生的事件本身並不有趣，那麼電影的趣味性何在？在於**好像有什麼會發生的預感**，這是電影和現實本質上的差異。再美再震撼的東西，放在現實之中不過爾爾，電影卻能讓人產生**明明沒看見卻彷彿看見了的感覺**。

●調配資訊量的三種技巧

透過**資訊量的調配**，可以促使觀眾產生想像或預測，獲得與「**鬼臉捉迷藏**」同樣的趣味。資訊量的調配不只能用在大敘事，也可以用在小地方，讓人好奇接下來的故事是什麼。調配技巧大致可分為「**吊胃口**」、「**解謎**」與「**意料之外**」三種。

訣竅Ⓑ

以吊胃口的技巧，推遲劇情

吊胃口技巧可以讓事件**懸而不決**、結束不了，維持在不上不下的狀態。觀眾一方面**強烈相信或覺得結局會是什麼**，一方面**卻無法有定論**，因此令人覺得劇情緊張刺激。

【例】觀眾知道車鑰匙被設置了一個連動的炸彈，一無所知的角色上車後轉動鑰匙，爆炸。
▶修改：準備轉鑰匙的時候→聲音：「你忘記包包了」→手離開鑰匙。以這個方式推遲劇情的話，即便後續出現的是瑣碎的日常對話，也會令人捏一把冷汗。

【例】電話。
女：「我搞不清楚自己還喜不喜歡你了。」
男：「在原地等我，我立刻去找妳。」
女：「我等你。」
電話結束。
▶最後一句台詞，只要改成「我不知道，很抱歉」，就可以製造出不知兩人能不能見到面的懸疑感，在重逢場景出現之前都會很有趣。

右邊有東西啊…

呼…

呀啊啊

沒想到！

Point 吊胃口（懸疑）、解謎（推理）和意料之外是全片都可以用來吸引觀眾注意力的手法，也可以用在故事的小地方，讓觀眾產生好奇。

設計解謎的橋段

解謎（推理）是出題給觀眾破解的一種技巧，更常見的意思是**設計與劇情發展相關的謎題**，可以用在電影的各種場面。解謎也是一種吊胃口，學會這個技巧可以應用在很多地方。

【例】兩人重逢，觀眾並不清楚他們的關係或行動有什麼意義，最後兩人一起去掃同一個初戀情人的墓，於是觀眾才恍然大悟。

【例】女子凝視著男子。女：「……我要宰了你。」男：「……」。女子環抱他的脖子說：「我愛你」。
▶再小的場景，都可丟出謎題給觀眾破解。

訣竅D

設計意料之外的橋段

意料之外就是**surprise**，恐怖片的怪物突然出現就是一個例子，**用觀眾沒有料到的事件製造驚嚇**，他們會預期其他驚嚇點的出現，於是認真看畫面。不過這個技巧的效期倏忽即逝，與前面兩個技巧相比是一大弱點。因此也可以多用幾次，讓觀眾感覺「還沒結束」。

【例】登場角色在看著東西，刻意拍出他後面空蕩蕩的情況，讓觀眾心生遐想，他回頭時什麼都沒看到，就在當他（觀眾也是）鬆一口氣的時候，腳邊突然冒出了怪物。
▶先安排一個騙觀眾的驚嚇點，讓他們以為結束了，這樣會更有效。

【例】將整個故事大翻轉也是一種意料之外，這個做法的關鍵在於如何透過鋪陳（伏筆），盡可能誤導觀眾（範例：《靈異第六感》，1999，美國）。

同場加映

觀影時一起來找這三種技巧

各式各樣的電影都常在小地方使用本篇介紹的三種技巧。無論是事件、場景的轉換或連接，使用這些技巧可讓觀眾好奇接下來會如何發展，產生「想看下去」的念頭。還有一種是組合技的用法，比方說鋪陳階段使用吊胃口和解謎的技巧，結尾處讓人意料之外。觀影時不妨留意這部片隱瞞什麼、在什麼時候揭露、如何設局欺騙，你會慢慢看出電影中各式各樣的技法。

事件、世界觀、角色：
發想故事的三面向

II

精準調度觀眾的情緒

訣竅Ⓐ

發想故事的三面向

發想故事的時候，**事件、世界觀、角色**，其中一個會是起始的入口。每個人可能選擇不同入口，不過只靠其中一項建構不出一個故事，剩下兩項也是不可或缺的。先認識自己的專長與弱點，在寫作卡關時就能找到解決的線索。

訣竅Ⓑ

事件先行

這個類型是從**事件、故事、情節**開始發想，比較容易產出有頭有尾的故事，缺點是**世界觀**和**角色**容易變薄弱，使得整體劇情偏庸俗，需要特別注意。也因為細節比較單薄的關係，難以發展成長片。

●大翻轉

大翻轉是**事件先行**中特別高階的手法，用得巧秒就可以不動聲色騙倒觀眾並給予衝擊（例：《何處是我朋友的家》，1987，伊朗）。

●深化事件本身

事件的靈感一來，就把適合這個事件的**角色**與**世界觀**設定出來。寫作卡關時，就審視**事件**本身的癥結點、**角色**和**世界觀**之間的關連性。

【例】《異形2》（1986，美國）
事件：破壞異形的巢穴。
世界觀：巢穴？代表母親和生產、女王產卵生小孩。
角色：主角加上母親，兩人與女王是敵對關係。保護年幼的女孩。

　　▶經過事件的深化之後，戰鬥不再是單純的互打，而是增加了「異形女王與主角為各自的小孩而戰」的明確動機，更有戲劇張力。

訣竅C 世界觀先行

這個類型從**世界觀或設定**開始發想，靈感來的瞬間值得興奮，但是很快就會發現事件和角色都沒有進展。硬是把這個靈感寫成劇本，很容易變成永無止盡在解釋狀況與設定，讓故事變得很無趣。

● 一個作品一個設定

在創造世界的時候，提醒自己把基本設定（謊言）限縮為一個（「魔法世界」或「世界上除了人類還有其他種族存在」等等），其他設定都要從基本設定衍生出來才會有說服力。寫作卡關時，不妨構思適合表達世界觀細節的角色或事件。

【例】《攻殼機動隊》（1995，日本）
世界觀：人類的意識可以被電子化保存、複製與合成。
事件：搜查官一行人與使用電子化技術的罪犯對戰。
角色：搜查官將自我意識植入機器人，思考「自我的意義」是什麼。
▶在搜查官的引導下，一個科技進步的世界觀，發展成思索「人類是什麼」的普世題材。

訣竅D 角色先行

這個類型從**角色**開始發想，優點是容易創造出個性鮮明又有魅力的角色，缺點是事件與世界觀可能會流於膚淺，淪為通篇的角色介紹。

● 重點是角色的變化

刻劃角色的關鍵，在於作者要客觀且深入審視角色的弱點、矛盾與問題點，並加以推展。寫作卡關時，請做好摧殘主角的心理準備，思考什麼事件與世界觀更能凸顯出他的弱點。

【例】《羅馬假期》（1953，美國）
角色：青春期的公主，在宮中百無聊賴，嚮往外面的世界。
事件：公主溜出宮在街頭遊玩，遇見與她完全相反、一個中年的平凡報社記者，並與他談戀愛。
世界觀：二次大戰後不久，戰爭痕跡尚存的歐洲。即將舉辦年輕人的和平會議。
▶本片將公主設定為和平會議的來賓，同時描寫搶獨家新聞的記者有什麼變化，因此單純的公主逃走故事之中，浮現出「對於自由與未來的責任與犧牲」的主題。

同場加映

在三大要素間循環，用靈感生靈感

發想故事的三面向又稱為**故事三要素**，①事件：題材的魅力、②世界觀：情境的魅力、③角色：人物的魅力。大多數人只擅長其中一項，但若不顧慮其他兩項要素，會使得靈感很單薄。其他的要素可把既有的靈感發揮到最大值，讓靈感生出更多靈感。習慣這樣的操作之後，就可以在三大要素之間循環構思，讓故事越來越飽滿。除此之外，與不同於自己的創作者討論，也是個好方法。

省略的智慧①
對白的減法術

訣竅Ⓐ

對白的精簡與刪減

電影可以容納的故事非常少，兩小時的電影劇本通常只有120頁，所以**對白要盡量精簡**，明確清晰傳達出重點。

● 對白的節拍點（beat）

英文會說**「對白要發揮節拍點的功能」**，如同寫歌詞一般，將催化想像的單詞在有效的時間點丟給觀眾。挑出你喜歡的電影對白，把那場戲的對白抄下來，你就會懂這是什麼意思了。

● 去蕪存菁

精簡對白也是為了避免重要對白被淹沒、被觀眾錯過。有另一種高階的技法如昆汀塔倫提諾《黑色追緝令》（1994，美國），他反其道而行，將冗長的日常對話提煉出新的趣味。

訣竅Ⓑ

套用「Xa → Xb」的對話減法術

● 刪減對白時也可以套用「Xa→Xb」

STEP①

標明這一段要告訴觀眾的變化是什麼，如果毫無變化，整段對話都可刪。

STEP②

你想告訴觀眾的大多會是對話的結果**Xb**，這是不能省略的。

STEP③

檢查是否能刪除對話的前提**Xa**。

STEP④

檢查是否能省略**「Xa→Xb」**的箭頭部分，也就是變化的過程。

▶ 最終留下的是**Xb**、或是**Xa**和**Xb**或是**Xa→Xb**。以右頁為例，**B：**「我算是順利回家了……」只有**Xb**也成立。結果是最重要的。

勞倫斯！！

聖誕快樂！
聖誕快樂♪
勞倫斯先生。

刪三行原則

新手很容易把對白寫得很乏味，建議自己演演看「早安」、「喔喔，早安」的對白，並用計時器算時間，應該至少要幾秒到十秒左右。

● 留下重點

無論電影對白再有日常感，都是經過精心設計、切中要點的。有一個常見的原則叫**「刪三行」**原則，意思是把初稿中的三行對白刪除，刪除之後會變得精簡易讀。不妨嘗試看看這個原則，練到熟悉為止。

● 刪三行原則的練習

STEP①一開始想到的日常對話
A①「早安。」
B①「早安。」
A②「我說啊」
B②「嗯。」
A③「我說啊，昨天後來怎麼樣了？」
B③「算是順利回家了。」
A④「都還好吧？」
B④「嗯。」
A⑤「看起來不像啊。」
B⑤「我沒事。」

STEP②刪除大約三行
A①「早安。」
B②「嗯。」
A④「都還好吧？」
B⑤「我沒事。」

STEP③補上劇情需要的重點台詞
A①「早安。」
B②「嗯。」
A④「昨天都還好吧？」
B⑤「我沒事。」

STEP④嘗試更多省略與調整
A「我說啊，昨天……」
B「我算是順利回家了……」

II
精準調度觀眾的情緒

同場加映

為角色設定開口的動機

人通常不會說出真心話，一個人說「好餓喔」，想表達的也未必是字面上的意思，他可能是想深化彼此的親密關係，也可能是想早點休息。好比說《俘虜》（1983，日本）最後一場的那句話，應該沒有人會覺得只是單純的祝福吧。越是重大的事就越有說謊的必要，而「想說的內容」與「開口的動機」總是有一些落差，因此先設定「開口的動機」，對白寫作就會更容易。

省略的智慧②
省略場次讓觀眾腦補

 訣竅Ⓐ

觀眾的腦補是無敵的

瞬間的影像可以傳達高密度的資訊，但是依然**不敵觀眾的腦補**。舉例來說，想表達「在沙漠裡徘徊很久的人」不必真的拍很長。

①**鏡頭遠遠追蹤沙漠上的腳印，拍到一個孤伶伶的人蹣跚前行。**

只要有這個畫面，觀眾就會腦補沒有說的部分。

● 場次編排也要謹記「Xa→Xb」

編排場次和寫劇本相同，可以依據「**Xa→Xb**」決定要省略什麼。以前述的例子來說：

把①當**Xa**，

②**Xb是衣衫不整、蓬頭垢面的疲憊男子**，只要明確呈現出這個結果的狀態，就可以腦補他走了多久、情況有多慘烈。

如果要補上變化過程（→）……

③拍出**在沙漠各地方行走的男子。**

 訣竅Ⓑ

賦予影像節奏感！

影像和對白一樣需要節奏，在廣袤沙漠中徘徊數日的主角，要怎麼寫才能簡短又讓人印象深刻？製造節奏感的方法，可以參考《巴黎，德州》（1984，西德、法國）的開場戲。

● 練習寫節拍！

早上出門上學的場景該怎麼寫？如果劇情上不需要完整寫出「早上起床（**Xa**）→上學路上→教室（**Xb**）」，那就保留早上的教室**Xb**即可。想要增添一些節拍的話，可以寫睡過頭、上學路上跌倒、早上上課時忍住不要打呵欠等等。

● 以節拍點往下串接

這裡介紹的範例是常見公式，比如說主角的睡眠障礙，可能在高潮處具有重大意義。除此之外，若這些節拍點能串接到下一個場景，就會產生節奏感。比方說「睡過頭→抓著拉環快睡著」或「在電車內打盹→在教室打呵欠」，先強調第一個場景的結果，再串接到下一場戲做畫面的切換。

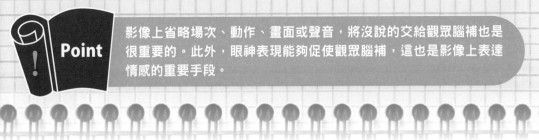

訣竅⑥

以蒙太奇催化腦補的「庫勒雪夫效應」

同一個影像，如果前後串接不同影像，便會帶來截然不同的感受，這叫**「庫勒雪夫效應」**。同樣的表情和動作，會因為前後串接的場景不同，而讓人聯想到不同的情緒。舉例如下，觀眾心中接收到的都是不同的情感。

觀眾接收到的情感↓

他很悲傷

他很想吃

他覺得很美

● **庫勒雪夫效應的應用**

①促使觀眾聯想前後影像的關係

我們只要看到兩個人物在同一個地方，就會開始想像他們的關係，和小孩與狗狗在一起的人，看起來就比較善良。我們看到不同的場景接連出現，或者前後看到不同人物，也都會認為兩者相關。

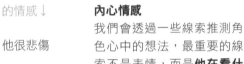
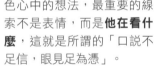

②透過前後影像讓人腦補出內心情感

我們會透過一些線索推測角色心中的想法，最重要的線索不是表情，而是**他在看什麼**，這就是所謂的「口說不足信，眼見足為憑」。

・他在看我→他想說什麼？
・看著桌子→很沮喪？
・向上看→在回想？
・看著半空中→在冥想？
・沒看任何東西→關上心門的崩潰狀態？

※「庫勒雪夫」是實驗並證明出這種現象的影像創作者。

同場加映

庫勒雪夫效應是代入感的催化劑

有一說認為眼神向左是看向過去，向右是看向未來，在觀看影視作品時，不妨留意你是從表情還是眼神去理解一個人物的情感，這樣就不會對表演或影像的抒情功能有什麼迷思。如果能運用庫勒雪夫效應，觀眾就會腦補角色的內心，把自己投射到角色身上，造成一種情感投射的效果！反過來說，若刻意在影像表現上抑制庫勒雪夫效應，觀眾既不會腦補也不會有情感投射。

推進劇情的美妙「謬」思

訣竅Ⓐ

潛藏心底的「謬」思

大家日常生活中渾渾噩噩，其實並沒有特別注意自己在想什麼，也沒有發現厲害的點子就潛藏在自己心底。這些點子被壓抑著、沒入潛意識之中，等待你挖掘，本書稱之為**「謬」思**。打開你的腦洞，看你能想到最狂最蠢的點子是什麼。

STEP①釐清問題與瓶頸

很多時候問題與瓶頸釐清了，就會有新的發現。若你不知道癥結點是什麼，**「不知道」這件事本身就是癥結點**。找到問題才不會變成無頭蒼蠅。

STEP②吐氣放鬆

請真的把氣吐出來，**讓身體放鬆**。眼睛也動一動，不要盯著原本的東西。讓自己心情上更從容不迫。

STEP③自我暗示

「有什麼『謬』思嗎」、「要比極端更極端」、「相反的是什麼」、「一說出來馬上會被駁回的那種」……這些話你可以說出口，也可以在心中默唸，總之要不斷複述。

STEP④腦中冒出許多細微雜音

我們常常習慣在不經意間否決自己，因此腦中的任何雜音都要仔細聆聽，不然很容易遺漏。習慣這個步驟之後，便會時時有所覺察了。

STEP⑤判斷優劣

把你想到的點子套入問題的框架中，思考它合不合用。以前想到這種點子，你會馬上否決，現在則是新增一道判斷合理性的程序，讓你超越自己。

Information

◆謬思是名作的土壤

很多經典電影，冷靜分析起來都是「謬思」（參閱 TAKE12）。有一間善於拍家庭劇的影視公司，他們想跟風拍一部黑道片，絞盡腦汁最後推出了空前暢銷的系列作《男人真命苦》（1969，日本），他們把**「黑道來演家庭劇」**這個謬思做了完美的昇華。《變形金剛》（2007，美國）系列也是一個好例子，緣起是玩具商想把車子變成機器人的任性要求，後來這個點子也激發出了創意。除此之外，操控氣候的能力、靈魂交換等等，這些都是科幻或動畫善於應用的謬思，值得參考學習。

訣竅 B

「不合理」不要緊，能使人信服就是好作品

偵探偶然找到線索、猜到犯人，好像會有種過於巧合的感覺。但如果這種巧合具有某種科學手段上的意義，就會比較有說服力。柯南道爾的《夏洛克‧福爾摩斯》系列就是使用這個方法：**以客觀的理論解釋荒唐的事證**。

● 將「謬」思合理化

在戲劇高潮時，壞人不知道為什麼一直沒有給予最後一擊，要怎麼讓這件事合理化？主角可以撒一個漂亮的謊爭取時間。儘管這樣的設計很荒謬，對觀眾來說合理即可，所以**試著運用智慧自圓其說吧**。

這些點子怎麼樣？

同場加映

鬆綁既定價值觀，挖掘真正的自己

人在成長的過程中學習了各種「常理」，因此你視若敝屣、不屑一顧的，恰好可以反映出從小教育對你的洗腦與箝制，這些箝制反而阻礙了你的創作。常理是潛移默化的，因此在發想靈感時，你反而要提醒自己撿起你想忽視的念頭，撿起來之後再判斷合理性，重新檢討是否有所幫助。寶藏就藏在這些念頭之中，對於追求心靈自由的觀眾而言，他們會覺得如獲至寶。

電影梗概：畫出劇情的地圖

訣竅Ⓐ

以短句描述故事

● Logline（梗概）是摘要

梗概是用簡短幾句話描述「**Xa→Xb**」的故事，梗概就是摘要，針對故事的各階層都可以寫出梗概。

● Tagline（宣傳文案）是宣傳用

文案是宣傳用的大綱，刪除梗概中的結局部分，就可以寫出沒有劇透的文案。很多電影在**中間轉折點（MP）**之後讓本質的問題浮出水面，因此多數的文案是寫電影前半的表面趣味。

訣竅Ⓑ

梗概的核心是變化

寫梗概要先找出梗概中的**主角X**（變化的主體），是什麼產生了變化？變化前是**a**，變化後是**b**。

變化前　　　　變化中　　　　變化後

抓到這三項重點後，再歸納出變化過程的障礙與變化的理由。

● 重心與長度都不限

依據你挑選的**X**和變化，同樣的段落可以寫出好幾個版本的梗概，梗概的長度也端看你要說明到多詳盡的程度。

然後公主騎車在海邊奔馳，她看到一輛機車，訝異地停下來，遇見了……

你能夠一句話交代清楚嗎？

喔……然後呢？

Information

◆電影的組成要素
電影是由右列的各種小元素拼裝而成，從小場面到系列作的說明，右列的各階層都寫得出一段梗概。梗概的歸納不只能讓你更明白主題是什麼，也可以將**龐大的故事變得簡潔扼要**。

①描寫角色動作與結果的**小故事**。
②幾個①拼裝起來，各角色產生交互作用，引發一個場景從頭到尾的**變化**。
③幾個②串接成**小事件**。
④事件匯聚成**一幕的故事**。
⑤第一、二、三幕組成**一部電影**。
⑥幾部電影組合成**系列作**。

Point 寫梗概要抓出故事的要素進行組織。梗概如同寫給觀眾的地圖，以不多不少剛剛好的資訊量，告訴他們目的地在哪裡。梗概適用於故事的各階層，還可以發展成宣傳用的文案。

● 比較梗概與宣傳文案的差異

	《男人真命苦》系列	《男人真命苦》第一部 （1969，日本）	《竹取物語》（古典小說）
Logline（梗概）	一個出生於葛飾柴又的男性，在全日本流浪擺攤。他談了一場又一場的戀愛，最終卻結不了婚。他的妹妹、外甥和同鄉人都很擔心他的去向，不過他如今依然在流浪。	離鄉背井的男子，睽違二十年返鄉。他偶然破壞了妹妹的相親，隨後又啟程出發。在旅途中，他偶然與欣賞的對象重逢，兩人一同返鄉。這次他搓和妹妹與好對象修成正果，自己卻情場失利，於是他再次啟程去流浪。	砍竹子的老夫妻，撫養一名從竹子裡誕生的公主。公主出落得亭亭玉立，許多貴族登門求婚，公主卻一概回絕。其實她是天上仙人，馬上就要被迎接回天庭。老夫妻想趕走迎接的使者最終卻落敗，公主拋下七情六欲返回月宮。
Tagline（宣傳文案）	一個出生於葛飾柴又的男性，在全日本流浪擺攤。他談了一場又一場的戀愛，卻始終沒有好結果。他的妹妹、外甥和同鄉人都很擔心他的去向，他究竟能不能擁有一個幸福的家庭？	離鄉背井的男子，睽違二十年返鄉時卻破壞了妹妹的相親。他就是這麼令人又愛又恨。他不將眾人的擔憂放在眼裡，後來又偶然與欣賞的青梅竹馬重逢。這個麻煩製造者能讓妹妹幸福嗎？他的單戀是否能修成正果？	砍竹子的老夫妻，撫養一名從竹子裡誕生的公主。公主出落得亭亭玉立，許多貴族登門求婚，公主卻要他們達成各式各樣的難題。她的真實身分是天上仙人，使者馬上就會接她回宮，老夫妻也決定嚴正以待望擊退使者。公主最終能獲得幸福嗎？

同場加映

故事的地圖

我們都認為說故事很像是在指點迷津，告訴觀眾這條曲折離奇的故事要怎麼走。釋出太多資訊反而會造成混亂，使人迷失方向，釋出資訊太少也會讓人難分東西。因此與主線無關的岔路就不要花太多篇幅解釋，難以辨別的轉角或顯眼的路標則要說明清楚不該遺漏。適度引導觀眾，給予路標或方向，再切換到觀眾的角度，檢核自己的引導是否妥當。善於寫梗概的人，可能也很善於繪製路線圖。

敘事的智慧：
解放原始情感

訣竅Ⓐ

訴諸本能

情感的波動是在內心深處發生，我們在平常的社會生活中壓抑情感，並在藝術中獲得解放。趨吉避凶、保命與繁殖是人類原始且本能的情感，這種情感更容易引起共鳴。

● 描寫人性惡面並加以包裝

故事中的**暴力、危險、食欲、性欲、支配欲**等等是具有力量的，寫作時不要當文明人，**而是把自己當原始人並寫給原始人看**。這些情感雖然難堪，但只要經過設計，要怎麼包裝都可以。不妨參考一些兒少書籍或電影，看看他們如何將原始本能昇華成真善美。不敢直視人性惡面的人，寫不出真正的崇高。

● 把觀眾丟進強烈的不安與恐懼之中

觀眾感覺到危機時，情緒會起波瀾，也更容易採取行動。感到安心的觀眾，只會想睡覺而已。可以**在故事中設計一些不安與恐懼**，逼觀眾往結局前進，至於**觀眾能不能得救端看結局的安排**，不必擔心會無法收拾。

希望

Point

訣竅 B

創作者與社會人的二刀流

創作者自己有時也會抗拒描寫人性惡面，擔心觀眾對此心生嫌惡。社會人的常識與創作態度，有時確實是不相容的，但其實兩者仍然有一些交集。

● 善與惡的二刀流

一個人可以既卑劣又有常識，創作者與好公民的立場也可以隨時切換。即便創作者展現邪惡的那一面，也不會有人為此犧牲，不必擔心。

● 你的道德先於世俗道德

世俗框架下的道德太天經地義，既不感人也沒有說服力。身為創作者的你煩惱到最後一刻找到的正義，才有感動人的力量。**創作者撞得頭破血流終於找到結論，這樣的結論是能量十足的。**

● 直視自己的痛苦

比起莫名其妙又司空見慣的正義，**有理有據的新正義**更有說服力。試著直視自己的痛苦，不必擔心受傷害。你或許會難受，但是歷經一番寒徹骨之後，你的作品將會拯救你自己與觀眾。

> 謝謝您平常的照顧。

> 老公，吃晚餐囉♡

> 好，幹活啦☆

同場加映

喚起內心深處對於大自然的敬

最適合以理服人的媒材是論文，而小說和電影處理的是情感，兩者乍看之下很像，訴諸的對象卻不同。被公認晦澀難解的《2001太空漫遊》（1968，美國）也是如此，隨著劇情推展，你只會看到一些留白處的線索，空氣瀰漫著不安。觀眾最終會為了無意間腦補出來的壯闊與美麗而感到動容。優美的算式有種直觀上的美感，而《2001太空漫遊》看起來很理性，但它同樣是想喚起潛意識中欣賞自然之美的感受。

讓角色活起來：
角色的出現頻率與立體化

訣竅Ⓐ

登場頻率的類型

電影中出現的角色數量有一定的公式，每個角色都有引導主角的功能，我們用以下的三幕劇為例。

⑤第二幕的最後
主角周遭的角色越來越少，獨自面對電影世界的真正問題。

⑧第三幕的最後
結局，各角色通常會重新出現，最後聚焦到主角身上。

②第一幕後半
推動主角啟程的各角色出現。

③第二幕前半
（正面的變化）
主角的新世界，各種角色都與主角產生關連，登場人物變多。出現頻率較高的是對主角有幫助的角色。

④第二幕後半
（負面的變化）
新角色變少，甚至開始聚焦，出現頻率較高的是在主角對立面的角色。

⑥第三幕前半
主角展開最後一戰，此時常出現已登場過的角色。

⑦第三幕中間～後半
各角色紛紛退場，只剩下主角與真正的敵人，主角與陰影（一體兩面的角色）對決。

①第一幕
主角與日常周遭的人。

START	1TP	MP	2TP	END
第一幕	第二幕前半	第二幕後半		第三幕
命題	反題（非命題）			合題
		並題		

訣竅Ⓑ

角色立體化的四大要素

想讓登場人物有真實感，需要思考下列的四大要素。

①**目的（動機）**：目的或動機，他想做什麼？
②**障礙**：達成目的的障礙會產生戲劇性。
③**對策**：要怎麼克服障礙？
④**結果**：與障礙對戰的結果。

總地來說，就是以**Xa**（目的）→（障礙、對策）→**Xb**（結果）的方式寫角色故事。

●四大要素的階層結構

在劇情的各個階層都可以設想**目的、障礙、對策、結果**這四大要素。一個角色的**人生＞電影描述的故事＞一個事件＞一場戲＞一個行動**。你的人生和你閱讀本書的行動也能用這四個要素來描述。一張臉的基本要素是眼睛、嘴巴與輪廓，同樣地，描繪出這角色四大要素就會像真實的人。

●目的、障礙、對策和結果的範例

接下來以《瀟灑搶一回》（2017，美國）的主角為例，分析這個角色的四大要素。主角是老先生，①希望晚年可以享清福（目的），但是某一天②年金沒著落了（障礙），③他們決定搶銀行（對策）。④最後他獲得了什麼？（結果）

●以四大要素分析一場戲

《瀟灑搶一回》後半有一名女服務生登場，她戲份只有幾十秒。各個角色在這一場戲的行為舉止，也可以解構成四大要素進行分析。綠色的（）是角色可能的內心戲。劇本中雖然不會寫出內心戲，但是編劇、演員和主創團隊在塑造角色時，可以試著詮釋和設定。經過分析之後，就會發現這場戲象徵著生命的喜悅，也正是本片的主題。

【例：在高級餐廳的一場戲】

主角**A**與**B**坐在座位上，頭髮往後梳的年輕**女服務生**前來。

女：「您好，要點甜點嗎？」
（**女**・目的：我是打工族，但我得有專業服務生的樣子）

A：「派有什麼口味？」
（**AB**・動機&目的：好可愛啊）
（**AB**・障礙：但是很難親近）

女：「墨西哥萊檬、南瓜、櫻桃芒果……」
（停下來，可能是忘記了）
（**女**・障礙：慘了！還有什麼？）

B：「全都要！」
（**B**・對策：好機會！幫忙打圓場&示好）

A：「還有香檳。」（露出微笑）
（**A**・對策：我很善良很成熟吧？）

B：「我還要加點！」
（**B**・對策：不能輸給A！）

女服務生忍不住莞爾。
（**女**・對策：是幫我打圓場？還是在調情？真可愛，專業是什麼呢？）

她看著老人家微笑說。
女：「請稍等。」
（**女**・結果：客人和我都是人）

A和**B**目光追著**女服務生**，露出了微笑。
（**AB**・結果：我們和可愛的女生交到朋友了！）

靈感發想法①
與團隊腦力激盪

精準調度觀眾的情緒

訣竅Ⓐ

遵守腦力激盪的規則

多人一起集思廣益的方法就是**「腦力激盪會議」**，先把現況與議題跟參加者分享，然後進行討論。例如要提出電影的企劃案，就要先分享現有的製作條件，接著在限制內互相丟靈感出來。

RULE①無所不言
再蠢再狂的意見都說出來看看。

主角想偷東西

RULE②不忘讚美
不否定任何意見，盡量讚美他人。

不錯啊！讓主角在便利商店順手牽羊

腦力激盪的規則

他假裝協助那個邪惡組織，其實真實身分是想要立功的警察！

假設他偷東西的那家店是邪惡組織如何？

RULE④避免否定
避免直接否定的方式就是繼續延伸並發展成別的方案。

RULE③設法延伸
順著別人的意見往下延伸。

Information

◆**「避免否定」是基本規則**
我們其實對於自己真心的想法沒有覺察，用來挖掘內心的工具，是在潛意識中沉睡的關鍵字，而非意識層的語言或概念，因此才需要特別留意這條規則**「避免否定」**。在被全盤接納的情況下，你才能推翻常理，喚醒自己的潛意識。接下來的章節會繼續介紹其他靈感發想法，這些都是與他人、自己和偶然對話的方法，其中的共通關鍵就是「避免否定」。

◆**否決只限最後階段**
「避免否定」這條基本規則在日常中也適用，大家開會時，你不妨有意識地在心中保留一個「不否定時段」。「不否定時段」的你只要想說不，就思考這個點子能不能延伸成其他方案。等到你需要在數個選項擇一時，才需要拿出否定牌。而日常對話中若也採取**「避免否定」**的手法，就能檢討出比平常更有深度與廣度的內容。

Point 「腦力激盪」是團隊集思廣益的方法，關鍵在於「避免否定」這條規則。「避免否定」同時也可以喚醒你潛意識中沉睡的點子，是一切創作活動的基礎規則。

訣竅B

颳起旋風的組長

主持會議的人可稱為**「組長」**，以下提供組長帶討論的步驟，幫助你掀起良性的「腦內旋風」（腦力激盪）。

組長的引導法

STEP①積極反應
對別人提出的意見，積極做出反應。盡量維持笑容。特別是一開始還沒暖場時，要主動給很多反應。

> 喔喔！好棒！原來如此！真有趣！

STEP②深入瞭解
對別人的意見提問，進一步深入瞭解。

> 那是什麼意思？

> 再講詳細一點

> 是這個意思嗎？

主角 想偷東西！

超商

邪惡組織

立功

其實是警察

會議組長

STEP③書寫記錄
寫下眾人丟出來的意見，這時心智圖（參閱TAKE24）可派上用場。

> 我講一下目前的進度…

STEP④段落整合
不時為團隊整理現階段的進度。

同場加映

邀請別人加入腦力激盪的團隊

不要找腦力激盪團隊來開一場嚴肅的企劃會議，而是要邀請別人幫助。你可以說「可以跟你商量我想寫的劇本嗎」、「我想聽聽你的意見」、「聽我訴苦吧」等等，積極創造出對話的空間。除此之外，你也可以與電影製作或編劇朋友，組成有難時互相幫助的腦力激盪團隊。即便企劃初始毫無靈感，多討論幾次之後，就能與隊友們一起腦力激盪出企劃的點子，他們會是一群強大的支持團隊。

靈感發想法②
一人的心智圖

訣竅

將想法圖像化的心智圖

腦力激盪（參閱TAKE23）是透過人與人的對話喚醒潛意識，**「心智圖」**則是透過**自我對話**達到這個效果。心智圖相當萬用，建議可以學起來。

●只要準備紙筆就好

·較大的紙張或筆記本（方格紙也可以）。
·原子筆或鉛筆：用彩色原子筆、色鉛筆或蠟筆會比較開心。

●約十分鐘就完成創作

首先在中間寫上「女人」，接著寫上一般女性不會從事的一種職業「殺手」。分枝一條一條拉出去，就會看到「主角殺害了自己的搭檔，他與搭檔的幻影組隊，受人聘僱擔任一名女子的護衛」的故事。畫出這個雛型只需要十分鐘左右。

STEP①從中間出發
從正中間的題目和出發點開始寫。

STEP②延伸分枝
從正中間的文字拉出分枝，把想到的東西用單字寫出來。

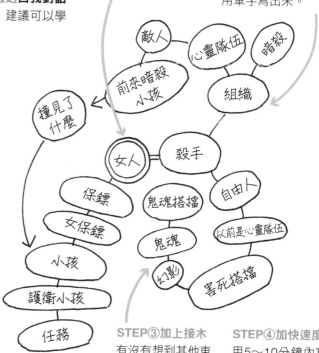

STEP③加上接木
有沒有想到其他東西？可在分枝上外加接木。

STEP④加快速度
用5～10分鐘內寫完的速度進行。

Information

◆進入「心流」喚醒潛意識
注意力提升、靈感如湧泉般冒出的精神狀態名為**「心流」**（flow），以下介紹幾個進入這種忘我境界的方法。
①只寫詞彙，不寫文章，想寫文章的時候就拉出分枝。
②加快速度可以打開潛意識的大門，規定自己五分鐘內完成。
③沒有靈感時就專心塗色或美化。

④手不要停下來！專心拉分枝，寫一些亂七八糟的詞彙，先不要管關性與邏輯，之後回看就會知道意義何在。
⑤不時放眼全局。
⑥一開始先練習手寫。新手用電腦或手機 APP 很容易停下來。用手寫字，回到小時候畫圖的狀態。

● **讓自己開心就對了！**

心智圖的規則只有一個，那就是自己畫得**「開心」**！除此之外沒有其他的規則了。想要改成其他更順眼的格式亦可，畫成彩色的、加上插圖或者拼貼東西都可以，試著創作啟發自己內在的**「心靈地圖」**吧。

STEP⑤使用顏色和圖畫
如果卡住了就幫線條或單詞上色、加插畫，強化現有的靈感。

同場加映
適用於平常做筆記

等你熟悉之後，日常生活中也能多加活用心智圖。將心智圖用來做上課筆記或會議紀錄，記錄會變得更有效率也更能抓到重點。除了簡單的筆記，心智圖也適合構思論文架構。論文的重點與彼此的關連性都呈現在同一張紙上，既見樹又見林，重點、重要性與遺漏處一望即知，很好整理。心智圖的技術加上A4筆記本和多色原子筆，等於劇本或企劃會議時的強力工具。

靈感發想法③
用卡牌與自己對話

訣竅Ⓐ

用卡牌喚醒潛意識

將排列出的圖片或文字卡牌，解讀出一個完整的意義，這叫做**解牌**。看萬花筒的時候，會在重複的碎片花紋中感覺到美；在隨機排列的卡牌中，也能產生未知的新發現。

● 天下的卡牌有千百種

卡牌的種類繁多，最知名的是**塔羅牌算命**，除此之外還有將資料做直觀連結的**KJ法**、用來想劇情的**劇情卡**。

● 學習解牌的技巧

掌握訣竅與技術才會知道如何解好牌。有人一開始就得心應手，也有人會很不知所措，總之熟悉之後都會漸漸越解越好。可以把算命或遊戲當作一種練習。

參考吉田Luna監修、片岡Reiko繪圖的「愛與光的塔羅牌」（暫譯，原名為「ラブアンドライトタロット」） http://a-nicola.shop-pro.jp

Information

◆**喚醒潛意識的各種方法**

人類自古以來就發明了很多喚醒潛意識的方法，試圖讓埋藏在我們內心的智慧顯露出來。這些方法如同慢跑、體操等運動競技一樣，學會一種之後其他種都能融會貫通，因此學習這些方法，等於是在鍛鍊激發靈感的心靈肌肉。

TAKE26 ～ 28 介紹的是如何將解牌應用在故事寫作上，TAKE29 介紹各種可以用來喚醒潛意識的占卜術，TAKE30 介紹如何調整成適合喚醒潛意識的狀態。享受你每一次的自主練習，終有一天便能打出漂亮的全壘打。

Point 「解牌」就是在透過卡牌的聯想與內在的自己對話，新手也可以採取這個方法寫故事。在發想靈感的同時，不妨也體驗解牌過程中偶然的樂趣。

訣竅**B**

鍛鍊解讀力

解牌是一種內在對話，解牌**規則**與腦力激盪（參閱TAKE23）相同，提醒自己**避免否定、接受「謬」思、設法延伸**。

STEP①天馬行空
解牌不能只看單張卡的意思，要觀察卡牌的整體排列，將注意力放在卡牌之間的意義與象徵的關連。

STEP②深入瞭解
有沒有什麼「謬」思可以用？要如何延伸推展？不斷捫心自問，讓理解更深入。

STEP③無關對錯
不要否定自己，尊重自己心中的靈感，並讓靈感更加飽滿。

STEP④樂在其中
即便有意料之外的誇張想法出現，也要接受它並讚美自己，這樣才會有樂趣。

他是知性又聰明伶俐的男性吧？

超棒的點子！

同場加映

解牌與心智圖雙管齊下

解牌時先備好紙筆，運用TAKE24介紹的心智圖，雙管齊下會更好整理解牌的內容。把你看到卡牌之後產生的任何相關想法都迅速抄寫下來，隨著解牌更深入，應該會真切感覺到「心靈地圖」在逐步成形。除了能從卡牌激發出靈感，看著心智圖的開枝散葉也能獲得更多新發現，這些發現又進一步延伸出其他靈感。一開始練習或許還不習慣，但務必要實踐並把這招學起來。

靈感發想法④
以塔羅牌算命打開想像

II

精準調度觀眾的情緒

訣竅Ⓐ

用塔羅牌寫故事

塔羅牌可以用於算命，那些神祕的圖案是它的特色。塔羅牌採取的「十字牌陣」是一種排列法，這種排列具有一種故事性，因此可以幫助我們打開想像。

STEP①決定題目
事先決定你要尋求什麼靈感。

STEP②洗牌
在桌上蓋牌並均勻洗牌、收牌。

STEP③排出牌陣
在桌上排出十字牌陣。

STEP④單張解牌
觀察牌陣各位置的卡牌圖案，參考卡牌解說，想像每張牌的圖案，並將背後的意義語言化。

STEP⑤解牌：找到整體的意義
找出不同位置牌與牌之間的意義，將這一組牌描述成一個故事。

Information

塔羅牌由表示命運天理之事件的 22 張大牌，以及表示細節的 56 張小牌，總共 78 張牌所構成。小牌分成權杖／聖杯／寶劍／金幣四種花色（各 14 張，有 1 到 10 的數字牌以及 4 種人物牌）。

可以只用大牌，不必 78 張全用。以下是大牌的解讀範例，逆位的卡片可以解讀為影響力變弱或相反的意思。

● **萬用的「凱爾特十字牌陣」**

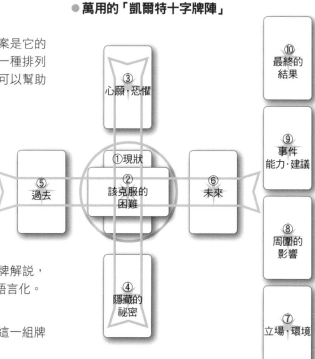

```
                    ③
                 心願·恐懼           ⑩
                                   最終的
                                    結果

          ①現狀
     ⑤      ②            ⑥         ⑨
     過去   該克服的      未來        事件
            困難                   能力·建議

                                   ⑧
                    ④             周圍的
                  隱藏的            影響
                   祕密
                                   ⑦
                                 立場·環境
```

◆大牌的關鍵字

0 愚　人：夢想、愚行、自由	Ⅶ 戰車：前進、挑戰、勝利
Ⅰ 魔術師：創造、手腕、外交	Ⅷ 力量：勇氣、意識、克服
Ⅱ 女祭司：潔癖、神祕、智慧	Ⅸ 隱士：真理、深思、內省
Ⅲ 皇　后：豐沃、母性、繁榮	Ⅹ 命運之輪：幸運、轉機、因果
Ⅳ 皇　帝：權威、父權、自律	Ⅺ 正義：公平、秩序、擔當
Ⅴ 教　皇：傳達、儀式、臣服	Ⅻ 吊人：試煉、奉獻、直覺
Ⅵ 戀　人：選擇、愛美、年輕	ⅩⅢ 死神：結束、變異、昇華

XIV 節制：淨化、中庸、自然
XV 惡魔：執著、慾望、墮落
XVI 塔：破壞、災難、突變
XVII 星星：希望、理想、靈感
XVIII 月亮：不安、徬徨、夢幻
XIX 太陽：成功、生命、大膽
XX 審判：復活、判決、覺悟
XXI 世界：完成、統合、圓滿

※參考文獻：《4大塔羅牌解事典 認識78張牌的一切》（暫譯）吉田RUNA、片岡REIKO 著

訣竅B

用三張牌排出粗略架構

在此介紹只用三張牌拼出故事結構的實例。

STEP①決定題目

例如「角色的走向」。

STEP②洗牌

什麼都不想，單純洗牌。

STEP③排出牌陣

抽出三張牌，排好牌陣。逆位的卡片可以解讀為影響力變弱或相反的意思（例：①〔IV皇帝／逆〕就是權威→孤獨）。

STEP④解牌

從圖案挖掘出牌面的意思。如果太難可以參考解牌書。

①**過去**：遇到某個難關，因為太聰明？

②**現在**：過著不自律且自甘墮落的生活。

③**未來**：失去某些事物之後→轉而重生→將覺悟解釋為謙虛。

STEP⑤運用在故事創作上

假設主角 **X** 的故事是警匪片，將這個簡單的概念加上各種設定和情節。不管是麵包店或魔法師皆可，創作就是要天馬行空任意想像。

①**過去**　②**現在**　③**未來**
〔IV皇帝／逆〕　〔0愚人〕　〔XX審判〕

● **解牌範例**

①高傲的刑警裕也鎖定了某個嫌犯，那個人卻提出偽證獲判無罪，裕也無法接受、憤而辭職。②裕也轉行去當私家偵探，工作內容充實愉快，但總覺得少了什麼。③某一天，當年的嫌犯找上門報仇，殺害裕也的女朋友。裕也和嫌犯正面對決，節節緊逼；裕也壓抑住親手殺了他的衝動，把他交給警察。他決定今後要將自己的能力用在讓死去的女朋友開心的事上，因此成為一名家喻戶曉的偵探。

同場加映

　　　　　算塔羅牌，鍛鍊想像力

無論是自己算或和朋友算著玩，都可以當作是想像力的基礎訓練。算塔羅的重點在於從牌陣中解讀出與目前主題相關的訊息，你越是熟悉、越是善於解牌，想像力就會被鍛鍊得更敏銳。市面上販賣多種塔羅牌，一開始建議買解牌書的牌組，在解讀各張牌卡的意義時，同時觀察整個牌陣。吉田Luna的塔羅牌系列（MATES出版）是很具有代表性的解牌書。

※參考吉田Luna、片岡Reiko原創的「愛與光的塔羅牌」（暫譯，原名為「ラブアンドライトタロット」）。
http://a-nicola.shop-pro.jp

靈感發想法⑤
善用KJ法和劇情卡

 訣竅Ⓐ

用 KJ 法從片段找出靈感

KJ法是出自川喜田二郎著作的《發想法－創造性開發必備》（暫譯），原本是田野調查中的資料分類法。

【準備】
・字彙卡片（便條紙）
・大張的紙或白板

【做法】
STEP①決定題目
設定主角「裕也」的角色。

STEP②寫卡片
在每張卡片上寫一個關鍵字，越多越好。

STEP③分類別
攤開所有的卡片，把相關的卡片分到同一類，決定類別的名稱。若想到新的單字或相關的要素可隨時增加。

STEP④圖示化
把每張卡片和類別之間的關聯性，以線條或箭頭圖示化。

STEP⑤敘事化
把完成的關係圖寫成文章，整理出大致上的脈絡。

※參考文獻：《發想法－創造性開發必備》（暫譯）川喜田二郎著

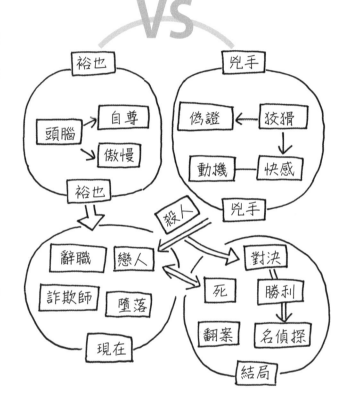

●解牌範例

刑警裕也雖然聰明伶俐，但是自尊心高又傲慢。他逮捕了一個隨機殺人犯，但是狡猾的兇手做了偽證逃過一劫。裕也辭職，他過著墮落如詐欺師的生活。沒想到戀人被兇手殺害，她被殺害的畫面糾纏著他。最終他與兇手對決，才發現彼此是內心有同樣陰影的人。但是他放下這一切，為了已故的戀人翻案，戰勝了一切。因此他成為一名理解隨機殺人犯心理的悲傷名偵探。

訣竅 B

適合創作故事的劇情卡

劇情卡技法出自大塚英志著作的《故事體操～六堂寫出暢銷小說的課程》（暫譯）。

【準備】

準備24張卡片，把以下的單字各寫在一張卡片上。

智慧	生命	信任	勇氣
慈愛	秩序	誠信	創造
嚴格	治癒	理性	節制
協調	結合	庇護	清純
善良	解放	變化	幸運
意志	誓言	寬容	官方

【做法】

STEP①決定題目
STEP②洗牌
STEP③排出牌陣
抽牌之後，按照①到⑥的順序排列。逆位牌也有解讀的方式。（例：智慧／逆→缺乏知識）

〔清純〕
④
支援者

〔生命/逆〕
⑤
敵對者

〔誠信/逆〕
③
主角的
過去

〔寬容〕
①
主角的
近況

〔勇氣〕
②
主角不遠
的未來

〔變化/逆〕
⑥
結局
（目的）

STEP④解牌

④支援者： 和主角同一陣營的人。

⑤敵對者： 主角的敵人。
這不一定是人物，盡可能擴大解讀單字的意義。相似詞辭典可以派上用場。

STEP⑤記錄下內容
想出來的內容，假設要解給別人聽，寫成文字記錄下來（可以畫成TAKE24的**心智圖**），整理成完整的故事。

●解牌範例

裕也①過著悠哉的生活，某一天②他的勇氣受到考驗③，因為驕傲而失敗，幸好有④心地善良的戀人幫助他。但是⑤在他與敵對的兇手對決時，他覺察到自己內心也隱藏著以殺人為樂的慾望，真正的敵人是他自己。⑥他受到兇手誘惑，差點想要殺了兇手取而代之，但又想到被殺害的戀人，於是回到守護人們的這一邊。

II

精準調度觀眾的情緒

同場加映

以「個人邏輯」連連看

目前我們透過塔羅牌、KJ法、劇情卡和解牌建構了一個故事，主角差點墮入隨機殺人的（自己的）黑暗世界，但是死去的戀人救了他讓他回到正途，這個故事描寫的是一個背負著陰影的名偵探裕也。解牌時若找不到牌與牌之間的關連，不妨試著以「個人邏輯」強詞奪理。不用擔心你的連連看太過牽強，持續連下去，就會發現自己無意間拉出來的線或強詞奪理其實都有深刻的意義。

※參考文獻：《故事體操～六堂寫出暢銷小說的課程》（暫譯）大塚英志著

靈感發想法⑥
萬用的衣笠卡牌法

訣竅Ⓐ

用衣笠卡牌法自創你的牌組

衣笠卡牌法是本書監修者衣笠竜屯自創的方法，用來在短時間內產出大量故事。牌組可以不斷進化，設計出專案用、故事用和角色用等不同用途的牌組。

【準備】
・卡牌（名片背面、索引卡、自製等等皆可）
・書寫工具

【做法】
STEP①一張卡片寫一個單字

隨機翻開辭典或書籍的一頁，隨手指到什麼單字就寫在卡片上，直書橫書皆可。想要有逆位牌，就在單字下畫底線。一開始只要準備實際會用到的兩倍張數即可。

STEP②洗牌

決定主題後洗牌。

STEP③排出牌陣

以你喜歡的形式排出卡牌，例如左到右是「過去／現在／未來」、上到下是「表面的現象／障礙物／被隱藏的真實」等，自己設定。

STEP④解牌

從卡面單字進行聯想並記錄下來，可以用**心智圖**（參閱TAKE24）的形式讓想像力開枝散葉。若是有逆位的卡牌，要解讀成反義、影響力變弱或原始意義皆可。

好了。

STEP⑤整理

整理你從筆記或牌陣解讀出來的意義，有疑問的時候就抽一張牌當作線索。原本設想的主題若有答案了，就換下一個主題繼續抽。

STEP⑥第二次以後

有些難以發揮想像的牌可以先排除，張數不夠的話，就選新單字新增卡片。回到STEP②，進行下一個主題。

Information

- -

◆「靈感」在輸出後才算數

新手在解牌時，先和認識的人或夥伴聊聊會比較有方向。最好是選可以理解你在挑戰什麼的人聊，也可以拜託對方**「不要否定我，笑著聽聽就好」**。如果沒有人能奉陪，你就假設自己要寫信，把想法整理出一段文字，設定你的讀者，將腦中的想法化為有形。想像一下對方有多期待讀到你的靈感，下筆時會更快速。把乍現的靈感存放在腦海中，靈感會漸漸消失，最好能先無形為有形，畫出心智圖、做文字紀錄、寫信或告訴別人。所謂**靈感誕生的瞬間**，其實不是指靈感閃現的那一刻，而是指將靈感解釋清楚的行為，也就是**將破碎的想法連連看的行為**。留在腦海中的靈感不是靈感，要化無形為有形！

Point 學會解牌的訣竅後，可設計自己專用的卡牌。這套卡牌與牌陣如果是為你的個性或目前專案量身打造的，對於激發靈感會更有效率。

訣竅 **B**

用解牌設計角色

● 抽三張卡設計出「裕也的情人」

①過去	②現在	③未來
〔空閒／逆〕	〔別府／逆〕	〔驚惶失措／逆〕

①過去：時間多到用不完，逆＝對此感到不滿。「有沒有什麼趣事？」、「有沒有人要帶我離開這個日常？」

②現在：別府？→上網搜尋看看→別府溫泉→地獄巡禮！逆位＝幸福之餘，感覺地獄的大門敞開，有種如履薄冰的忐忑。「和**裕也**在一起很快樂，但是他沒肩膀又隨便，好擔心將來，我們都在同個地方打轉。」

③未來：茫然失措。逆位＝對於現況不知該如何是好，但臨死之際面對現實，留下一個冷靜的線索給**裕也**。

● 解牌範例

從〔驚惶〕聯想取字，將角色命名為**敬子**。她與個性隨便但敏銳度十足的**裕也**交往，她沒有接觸過這類型的人，兩人關係一直沒有進展，她對此相當不安。「我們都在同個地方打轉啊…」她被犯人殺害，臨死關頭留下了很聰明的線索給**裕也**。這個線索有雙重意義，**裕也**最後發現那是「**我愛你**」的意思。（在她生前要做一些相關的鋪陳？）

● 抽九張牌摸索「犯人形象」

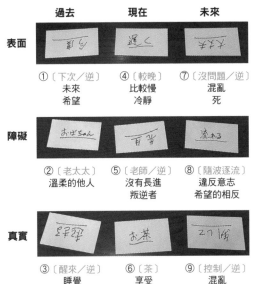

	過去	現在	未來
表面	①〔下次／逆〕 未來 希望	④〔較晚〕 比較慢 冷靜	⑦〔沒問題／逆〕 混亂 死
障礙	②〔老太太〕 溫柔的他人	⑤〔老師／逆〕 沒有長進 叛逆者	⑧〔隨波逐流〕 違反意志 希望的相反
真實	③〔醒來／逆〕 睡覺	⑥〔茶〕 享受 味道	⑨〔控制／逆〕 混亂 崩壞的自己

● 解牌範例

根據⑤〔老師〕，將角色的綽號命名為**阿學**，②養父母從小就給他非常多的愛，③但是他雙親被殺害的畫面一直糾纏著他，①他希望未來能成為殺人犯。④**阿學**長大後開始以殺人為樂，⑥將殺人當作如品茶一般的嗜好。⑤他表面上想成為敦厚的學者，實際上希望自己能為世界帶來混沌。⑦想不到遇到**裕也**讓他遭到挫敗，⑧他失去理智殺害了**裕也**的情人。⑨他內心希望能回到父母所在的地方，因此打從心底期待**裕也**能了結自己的性命。但是**裕也**最終沒有下手，遇害的**敬子**成為一切的救贖。

靈感發想法⑦
以算命卜卦激發靈感

訣竅Ⓐ

靈感的本質

靈感不會憑空而生，一如車輪的發明是從雪橇的改良開始，所有發明都是既有事物的改良與重組。**把各種要素串連起來的能力**，就是發想靈感的一種能力。

●麥高芬的定義

「麥高芬」是希區考克在《希區考克／楚浮》（暫譯）一書中提出的概念。在電影中，戰爭時期的特務想要行竊，被竊品可以設定為鈾礦，也可以是用來加工武器的鑽石。這種**可以任意代換的東西**，就稱為**麥高芬**（MacGuffin）。

●麥高芬不等於主題

有些看過《美人計》（1946，美國）的人說「在那個時代把鈾礦當主題太前衛了」，但導演本人回應**「鈾礦不是主題，而是麥高芬。」**所以我們要避免把**主題**（想說的內容）和**麥高芬**（說故事的工具）混為一談。你的麥高芬再有深度，也只能讓設定更豐富而已。說故事的時候，應該要讓可取代的麥高芬咬合劇情，並點出本片的主題。

●命理學是幫助連連看的學問

命理學的概念可以幫助我們將既有要素重新組合，創作出新的故事。比方說占星就建立在星座、你的屬性與當下星象之間的連結；而抽籤問事，也是因為籤文描述的一般性情況與你的具體人生有連結，因此有意義。**命理學就是將各種要素連連看的學問。**

●透過占卜讓麥高芬產生連結

這些要素也可以是可取代的麥高芬（工具），你不妨運用命理的概念進行連連看，發展出獨創的詮釋與靈感，並描述你的主題（想說的故事）。命理不必求人，學習**自己把連連看的能力鍛鍊起來**。經過練習和經驗累積後，連連看的功力會不斷成長。

占卜結果，雙魚座很受歡迎，水瓶座很自我中心。

Information

◆讓角色個性更真實

個性是什麼？是天生氣質，也是後天教育和經驗的養成。有人認為，人類只是配合環境的變色龍而已，也有人認為人類會採取利益最大化的行動。總地來說，只要滿足**「目的（動機）＋障礙＋對策」**的條件，就可以速寫出一個有真實感的角色，把**「結果」**加上去就是完整的故事了。（參閱TAKE22）

◆以命理學塑造角色個性

命理學利用星座與卦爻等表徵說故事，並套用到對方的人生與煩惱。透過命理的概念將**「變化前＋吊胃口（障礙）＋變化後」**串連起來，角色的個性就會顯現出來。這些詮釋是很個人的，因此特別有真實感。

※參考文獻：《希區考克／楚浮》（暫譯，原書名*Hitchcock/Truffaut*）法蘭索瓦・楚浮、亞佛烈德・希區考克著

 訣竅B

嘗試各種命理方法

世界上存在各式各樣的占卜與算命法，每一種方式的概念與適用領域都不盡相同，可以依你的需要選擇適合的那一種。練習的同時除了好玩，也可以多學到一種方法。

●易經

《易經》中的「卦」總共有64種，每一種都有陰陽六爻，將這些卦組合起來就可以變出一個故事。線上也有免費版，可以輕鬆卜卦。

●占星、西洋占星術

占星的種類很多，適用年齡與等級都不盡相同。在構思電影角色的時候，先設定生日等必要資訊然後拿去算，算出來就可以想像角色之間的關係與交情，比如說如果彼此的好感度很高，可能是認識的人。除了**太陽星座**之外，也不妨從月亮或金星、木星、土星等**行星**的意義來發想，或許會產生神祕的靈感或命名。算的不是人而是事件的話，同樣能找到事件相關的靈感。

●四柱推命

東洋的占星，透過金、木、水、火、土五行的屬性與天干地支的組合，排出你生辰的命盤。生辰八字是不同於西洋占星術的文化，概念也不同，但這是動物占卜的原型，也可以用來創造角色，只要用對地方就是一個靈感寶庫。

●書冊占卜

隨機打開一本書，選一個單字或段落，以此做占卜，並把占卜的結果當作靈感的來源，只要有書隨處都可以占卜，非常方便，也有一些類似的APP或網站可以使用。

是「結婚」耶！

啊，

我們是在討論電影對吧？

同場加映

榮格心理學的「人格原型」也可以拿來編故事

角色的個性或許也是可取代的麥高芬。榮格心理學不屬於命理的範疇，不過榮格所說的「人格原型」給予我們新的角度去看故事或角色。採用「阿尼瑪斯／阿尼瑪（理想形象）」、「老智者（智慧）」、「搗蛋鬼」這些原型並加以排列組合，會讓你的故事更有說服力，而且喚醒人類潛意識中的原型，能夠讓想像力更加飽滿。除此之外，團隊的交流分析、各種心理學和分析法的知識也都很實用，有機會就去看看這些入門書。

靈感發想法⑧
找到靈感的生心理體操

訣竅Ⓐ
有助於創作的習慣

寫故事和運動一樣需要熟能生巧,從事一些行為或養成某些習慣有助於更容易找到靈感。

●泡澡或散步

很多作家習慣泡熱水澡溫暖身體,或從事散步之類的輕度運動,幫助自己找到靈感。這些活動有助於血液循環,也可以活化大腦,讓人進入獨自專心思考的狀態。有些人是泡澡派,有些是散步派,但總之兩者皆有效。

●換個地點

帶自己到一個陌生的環境創作,無論是去共同工作空間、咖啡廳、圖書館或公園都可以,在這些地方拿出你的筆記本或工具創作看看。甚至可以更進一步戒掉手機與其他娛樂,讓自己進入空閒的狀態,這就是常見的劇本寫作方法:「閉關」。

●讓記憶重置

寫作卡關沒有好點子的時候,不妨先擱置幾天再重新想一次。經過擱置後,常常會冒出潛意識中浮現過的好主意,但是記得擱置之前要認真思考過。

Information
- -

◆高空彈跳到未來的自己

當你在**設想自己是什麼樣的人**時,你其實是在做出一種抵抗。**理想的自己**與**未知的自己**是有落差的,你越是以為你對自己全知全能,你的想像力就會越貧乏,也會與自己的劇本漸行漸遠。面對未知的自己時難免忐忑不安,內心也會很抗拒,好比說我們在高空彈跳時,都需

訣竅Ⓑ
以自律訓練法集中精神

自律訓練法是透過自我暗示達到精神穩定的效果,訓練之後會比較容易掌控自己的意識,也更容易閃現出靈感。除此之外,冥想或呼吸法也具有同樣的效果,非常推薦。

●自律訓練法

STEP①採取放鬆的姿勢
仰躺下來或坐在靠背的椅子上。

STEP②放鬆肌肉
雙手使力數秒後放開,感受肌肉放鬆。雙腳、肩頸、臉部等也如法炮製,放鬆全身肌肉。

STEP③卸除全身力氣
將意識集中到自己的慣用手,對自己說**「右（左）手很重」**,你會感覺自己的手越來越重。接著在另一隻手、雙腳、肩頸、額頭和腹部都如法炮製。

STEP④自我暗示,進入冥想狀態
下一步從四肢末端向全身說**「很溫暖」**,接著再感受**「好冰」**、**「好輕」**等等。

STEP⑤飄浮在想像的世界
想像自己飄浮在空中的狀態,感受視覺、味覺、聲音和風,想像自己處在各種狀態之中。

STEP⑥甦醒回到原本的世界
動動手腳、伸伸懶腰讓自己醒來。

要勇氣踏出那一步。《沒問題先生》(2008,美國、英國)是主角凡事非自願只能說「YES」的寓言故事,對於藉由說「NO」自我防衛結果卻迷失自我的當代人,是一種強烈的反諷。不如先採取開放的態度,經過判斷之後再決定接納與否也不遲,**總之先一頭栽進未知的世界就對了。**

Point 日常生活的習慣或不經意的行動，都會對從事創作活動的心靈產生巨大的影響。平常就要做適度的心靈體操，給予均衡的營養，靈感才容易找上門。

● 冥想

冥想的方法很多，可以聽聲音進行，或透過讀書寫字引導自己。冥想與自律訓練法具有同樣的效果。

● 呼吸法

改變意識狀態最簡單方便的做法，就是把注意力放在呼吸上。盡量專心讓每一次的吐氣都又細又長，只要調整呼吸就能達到很驚人的效果。持續吸吐幾分鐘習慣之後，想像力可以達到很深層的境地。呼吸法搭配冥想一起進行更有效。

放鬆
▼
專注
▼
意識的改變
▼
控制意識
▼
靈感乍現
▼
想像

訣竅C

心懷好奇

靈感就是**各要素之間的連連看**，你的經驗、知識與思維越豐富，這些要素也會越好蒐羅到。因此一定要懷有好奇心，保持著來人間一趟體驗酸甜苦辣的心態。不管你對什麼陌生的領域或雜學產生興趣，都不妨去試試看。

● 常保好奇心的三步驟

STEP①以肯定取代否定
無論什麼事都盡量先保持開放的心態，不要否定。等需要判斷優劣的時候再否定也不遲。

STEP②樂在其中
盡量讓自己樂在其中，這不是要你迴避不愉快的，而是要學會找到樂趣。

STEP③時時提醒
告訴自己享受當下的每分每秒都是有趣的，也會激發你的好奇心。

常保好奇心！

同場加映 給自己心靈滋養的生活

良好的生活習慣與營養管理，不只有益於身體健康，對於創作的心靈活動也是不可或缺的。墮落的生活會導致體力衰退，同樣地，負面思想、行為偏差或缺乏運動都會導致想像力的退化。你可能聽說過一些諾貝爾獎等級的科學家與文學家，他們生活習慣規律地游泳或慢跑，科技新創公司則是導入正念的概念促進革新。藝術欣賞、冥想、運動，這些方法都可以滋養你的心靈。

沒有劇本就沒有電影

安田淳一〔電影導演〕

我在2014年發表超級英雄片《手槍與荷包蛋》（拳銃と目玉焼），當時獨立製作的日本電影還很罕見，但是本片後來得以在全國六個城市的大型戲院依序上映。其實《手槍與荷包蛋》直到開拍時，劇本都沒有生出來。

我與編劇討論過大綱後，想說對方是專業編劇也就放心交給他，想不到說好的交稿時間已過，劇本依然難產。儘管如此，我對於拍攝已有大致的概念，因此事先安排好拍攝地、演員和工作人員以及拍攝時程，就等編劇交稿。開拍前的四天，劇本終於到了我手裡。**「趕上了！」**我心中的大石頭只放下片刻，讀完劇本後，才發現內容與我的想像相差甚遠。我堅持的原創故事要包含「有現實感的英雄誕生」的概念，但這個概念沒有被寫出來，而且角色群的行動從頭到尾都只在服務劇本，沒什麼說服力。

這個劇本看起來，如同廉價充滿套路的兩小時電視劇。**「這下慘了……」**是我放牛吃草沒有與編劇達成共識，才會導致這個結果，總之我後來依然和和氣氣迅速付清了編劇稿費。我已經可以預見，即便耗費上百萬的成本與勞力，成品也不會是我這個導演所能接受的。我**抱頭苦惱**了幾天，轉眼間隔天就要開拍了。主要演員們從東京來到拍攝地京都，提早到場的他們不知道這些內幕，相約喝得酒酣耳熱。

我心想：**「至少得寫出明天份的劇本」**，因此開拍前一晚生出了隔天一天份的劇本。好不容易拍完第一天的戲，我筋疲力竭大睡一場。隔天還有拍攝行程，我早上四點起床寫劇本，接著又是拍攝和爆睡，每一天都心力交瘁。

今天要拍些什麼呢？不要說演員了，工作團隊都是看了當天一早發下去那本薄薄的劇本才知道，宛如早年港片的拍攝現場。最後，《手槍與荷包蛋》就在連日的兵荒馬亂之中拍完了。

這種「拍片法」的**缺點**多到數不清，除了演員無法先看劇本揣摩角色，更為急迫的問題是，由於拍了大量用不上的場景，導致成本大增。《手槍與荷包蛋》的完成版片長是112分鐘，但是第一版剪出了將近3小時。如果能綜觀劇情的全貌，就看得見每一場戲的功能，功能達成了就換下一場，不會有什麼破綻；但當日戲當日寫，很容易在劇本中塞進一堆**不必要的「起承轉合」**。等到拍攝結束開始剪輯時，我才注意到這件事，已經為時已晚了。

接下來我想講這種拍法的**優點**，其實這種自取滅亡的拍片法還是有可取之處的。簡單來說，就是**「以結果而言，劇本變得更精緻」**。電影拍攝通常不會按照故事的先後順序進行，我們常常為了配合演員或拍攝地的時程，先拍攝後發生的劇情。而拍攝《手槍與荷包蛋》時，我們會根據現場的判斷決定「這樣比較有趣」、「這樣更刺激」，仗著劇本沒有定稿就見機進行修改場面調度的方式。結果在拍前段的劇情時，常常會發生**「啊，已經改成那樣了，那這樣拍會變得不合理」**。我終究只能絞盡腦汁，一邊唉唉叫一邊改寫劇本。我得想辦法自圓其說，將角色行動帶來的結果，不斷修改成應有的強度，沒想到就此意外寫出了一個更精緻的故事。

2014年發表《手槍與荷包蛋》

接著是2017年上映的《吃飯》（ごはん），其實《吃飯》開拍時也沒有劇本。《吃飯》描寫一名年輕女子在父親猝死後，繼承大規模稻田的農家。我一開始打算拍成少量對白的形象短片，我們在一片綠油油的清爽農地中，悠哉地開始拍攝。

實際開拍後，稻農的意念、歷經戰爭後田園風景保有的浪漫以及比想像中有趣的產米流程，讓我驚覺**「這會拍成一部長片」**。儘管有所驚覺，**不存在的劇本依然不存在**。「形象影片也是要寫劇本的吧？」被問到這題時，我都大言不慚地說：「我本來打算以紀錄片的形式記錄生產稻米的過程」。

總而言之，拍攝現場沒有劇本的存在，《手槍與荷包蛋》時好歹還有當天份的劇本，這次則是完全消失，屬於**無劇本**狀態。然而綠油油的稻田不會為我們停止成長的腳步，不但沒有停止，甚至有些都開始抽穗了。

最後我們擱置了故事的部分，在炎炎夏天拍了一堆務農的場景，到了秋天則努力收割。第一年拍到的對白，只有收割完的主角群看著眼前的稻田，對父親說出的思念。我當時是推測可能會發生什麼事，然後寫了一張A4的對白。等到拍攝第二年夏天，才產出《吃飯》的大致劇本，不過一方面天候不良導致時程延後一年，另一方面又因為田調不足的缺漏導致需要重拍，最後花了四年才終於拍完這部片。

（院線上映後我們收到觀眾的指正又補拍，整個時程沒完沒了，總共拍了六年。）

在經歷各種波折之後，公開了兩部長片的我，如今可以打包票斷言：**「開拍前一定要先完成劇本！」**

現在放在我面前的是下一部作品《穿越時空的武士》（侍タイムスリッパー）的劇本，等到在院線上映的第三部長片，我才首度在開拍前產出劇本。想不到在萬事俱備只差開拍的階段，就遇到新型冠狀病毒肆虐，疫情大流行後別說拍電影，全世界都陷入了混亂之中。上天寫出的劇本總是出人意表，在這個春天的午後，我也只能嘆氣了。

2017年發表《吃飯》

2019年《穿越時空的武士》劇本

Information

◆安田淳一〔電影導演〕
1967 年生於京都府，2014 年製作的《手槍與荷包蛋》一開始只在小型戲院做院線放映，後來擴大到新宿 Wald 9 等全日本六都的大型戲院放映規模。同一時間，他創立了未來電影社（未来映画社），期待能將電影製作、發行與放映的獲益用於下一部電影的製作費，形成自產自銷自足的循環。第二部作品《吃飯》2017 年先從新宿 Wald 9 等全日本六都的大型戲院上映，在全國官民各方團體的協助之下，各地小型戲院與場館也加入放映，最終連續上映了 38 個月，觀影人次超過 12,000 人。

衣笠與川村搭檔的劇本工程

川村正英〔工程師／幾年前參加本書監修者衣笠竜屯的工作坊後開始當編劇〕

監修者這幾年常常委託川村正英先生編劇，今天有幾個問題想請他分享。

寫過劇本嗎？

衣笠：在我委託之前，你寫過劇本嗎？

川村：我是完全的新手，雖然喜歡看電影，但沒想過要寫劇本。我大概知道幾位知名的編劇，可是不清楚編劇在電影製作上要做些什麼。

第一次寫劇本注意到了什麼？

衣笠：第一次寫劇本的感覺如何？

川村：我以前都以為編劇的工作只有構思對白而已（笑），其實編劇要設想整部片的結構和情境……重要的是**對白怎麼被說出來**。我的第一部編劇是《3～4口之家》（3～4人家族），裡面有場戲是妹妹要威脅哥哥，我原本考慮的對白是「我要宰了你」或「去死吧」，最後變成坐著不動的妹妹低聲問「你方便嗎」。我很訝異一句對白的表現竟然能造成截然不同的印象。

我認為表演的問題基本上應該交給演員來決定，不過**對白之間的畫面說明是演員揣摩演技的線索，因此把整個場景的脈絡交代清楚是很重要的**。

我平常是全職的工程師，最近感覺，劇本寫作好像與製作電路圖和自動控制方塊圖有一點相似。

衣笠：啊，我以前也是工程師，這或許是我們溝通順暢的原因呢，他聽我說「這個場景的功能是這個那個」也都聽得懂（笑）。

短時間完工的訣竅

衣笠：有一個要在48小時內完成一部片的電影節「48HFP」，你去年獲得了48HFP的劇本獎！這是個要在短時間內寫一部短片的瘋狂挑戰，有什麼參賽心得嗎？

川村：比賽有限制片長，我沒有太多篇幅可以解釋狀況與角色。於是我設定了「巨大的除塵滾輪壓扁街道」、「一臉嚴肅的男女放飛氣球」等吸引人的**鉤子，並仔細刻劃我的角色**，電影自然而然就會成形。

我不需要對劇情做任何解釋，觀眾看到演員的任何動作都會腦補出故事。**想要寫出一部短小又精彩的電影，總歸一句話就是要找到省略說明的敘事方法**，這是我這次的收穫，而寫長片說不定也可以如法炮製。

下一部作品？

衣笠：最後請問，你現在在寫什麼電影？

川村：我正在整理歷史紀錄片《神戶～都市低語的夢》（神戶～都市が囁く夢）的劇本。我希望把神戶市從明治時期到當代的變遷，與電影產業的興衰串連在一起。片中會使用大量的資料照片與影像，並搭配演員的旁白。很快就要……公開了（笑）。

再來預計要寫衣笠導演劇情長片的劇本，內容是年輕女子的自我意識與世界的關連。

衣笠：感謝有你的幫助，這部片一直在往好的方向前進，非常期待！

《神戶～都市低語的夢》預計2022年公開

CHAPTER **III** 進入專業編劇的領域

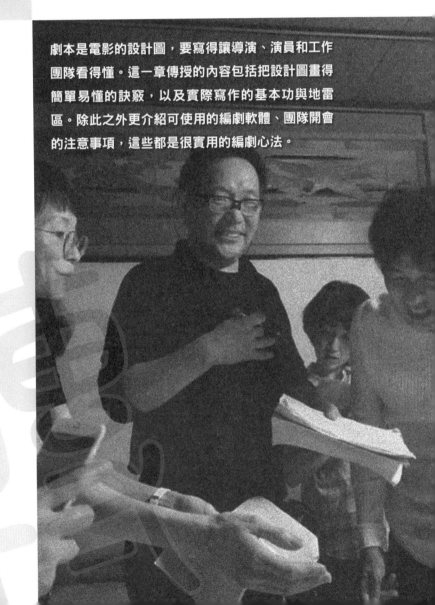

劇本是電影的設計圖,要寫得讓導演、演員和工作團隊看得懂。這一章傳授的內容包括把設計圖畫得簡單易懂的訣竅,以及實際寫作的基本功與地雷區。除此之外更介紹可使用的編劇軟體、團隊開會的注意事項,這些都是很實用的編劇心法。

寫劇本前
先掌握整個故事

訣竅Ⓐ

劇本是電影的設計圖

劇本的用途,是讓工作團隊具體明白他們要製作什麼樣的電影,籌備時要按照劇本來規劃地點與時間,表演、拍攝與剪輯也要參考劇本進行。電影之於劇本,相當於工地現場之於建築設計圖。

訣竅Ⓑ

從整體輪廓開始

劇本屬於階層結構,由各個小物件串接起來組成一個大故事。小細節固然重要,但是無論水龍頭或門把的設計指示再完備,也無法構成整棟房屋的設計圖,故事的劇本亦同。我們先寫出故事全貌的輪廓,再慢慢去修那些細節。

● 新手先從上往下

先大局後細節的方法叫做**「從上往下」**,先琢磨細節再綜觀大局的方法是**「從下往上」**。從下往上的寫法需要一定的經驗,因此新手不妨先從上往下。

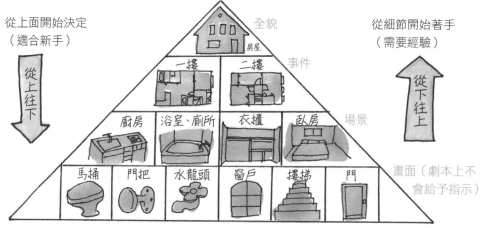

從上面開始決定
(適合新手)

從上往下

從細節開始著手
(需要經驗)

從下往上

全貌 / 房屋

一樓　二樓　事件

廚房　浴室、廁所　衣櫃　臥房　場景

馬桶　門把　水龍頭　窗戶　樓梯　門　畫面(劇本上不會給予指示)

Information

◆劇本的階層結構

故事全貌＞事件＞場景＞畫面(或鏡頭)
●**故事全貌:**整部電影的故事,以數個小事件所組成。
●**事件(episode):**小故事,與小說的**「章」**相同,是切割故事的單位。由數個場景串連組成,因此又稱為橋段。

●**場景(scene):**場面,以地點與時間切割,而非以故事的內涵區分。這是拍攝用的單位,劇本格式也是以場景來分段。一個場景也可能是由數個畫面所組成。
●**畫面(cut):**同一構圖的連續性影像,將每一次拍攝單位(Shot,鏡頭)加以剪輯(Cut),製作出的即為畫面。劇本通常不會寫到畫面的指示,是導演根據劇本進行剪輯。

在開始動筆寫劇本之前，先掌握好故事的全貌與細節。劇本的階層結構是故事全貌＞事件＞場景＞畫面，設計劇本時請參考這個結構。

 訣竅❻

從上往下的劇本掌握法

STEP①寫出整體的輪廓

歸納出故事全貌的梗概（TAKE20），以一行說明「Xa→Xb」的內容，寫出短版的梗概，或者進一步寫出長版的梗概（大綱）。寫大綱時要詳細說明下列事項。

・梗概中的主角**X**是誰？
・最初的**a**和最後的**b**是什麼？
・以一句話歸納變化的內容
・主角**X**改變的動機？
・阻撓變化的障礙？

STEP②設計次級的細節

寫出起承轉合各項的梗概，第一幕、第二幕前半、第二幕後半和第三幕都要設計「**Xa→Xb**」和梗概。四項並陳，檢查STEP①故事全貌的梗概是否與這四項矛盾。若全片片長為90分鐘，每一個部分就抓大約22分鐘。

STEP③進入次次級的細節

接下來輪到次次級階層的詳細梗概，上上下下來回檢核每個層級的內容！這樣就能同時掌握故事全貌與各級階層的各項功能。

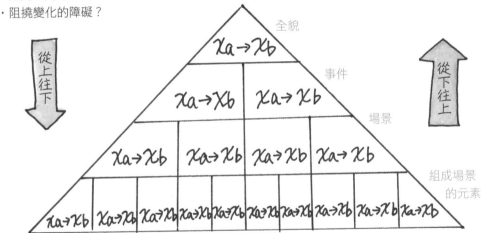

同場加映

電影的多線敘事

許多電影是採取多線敘事並行、交錯的結構，即便主線是愛情故事，也會在支線設計出工作方面的煩惱或其他角色的故事。《情人眼裡出西施》（2001，美國）寫的是主角注意到「內在美」的故事，但也有描寫到主角與認為「人要靠外表」的好友之間的互動。這種角色塑造的手法稱為「影子」，可以讓主角的變化更立體，讓故事的主題更明確。重點是多線組合起來之後，「Xa→Xb」依然得是成立的。

TAKE 32 分場的構思與劇本編輯軟體

訣竅 A

製作分場（參閱 P122 附錄②）

將故事切割成小塊註記概要之後，劇本寫起來會變得更輕鬆，這是所謂的**分場**。以TAKE31介紹的階層結構填入梗概，三兩下就能分場完畢。

STEP① 從最左邊的四格開始

故事整體分成**起承轉合**四大塊，在最左邊的四格簡單寫出「**誰發生了什麼事**」。如果每一橋段能拍成1～3分鐘的影像（劇本約1～3頁），這樣就夠拍出一部片長約10分鐘的**短片**了。

STEP② 進一步分割成中長片規格

接著把左邊的**起承轉合**，再各自細分出**起承轉合**。例如，一開始細分出的「**小合**」，就是「**大起**」的合，再推敲出小起與小合之間的「**承轉**」就好。只要在最終填出16格，假設每格是2分鐘，等於已擬出了30分鐘左右**中長片**的故事。

STEP③ 進一步分割成長片規格

相同道理，再拉出第三層的四分格，寫出64格的話，就是一部**長片**的規格。

● 以起承轉合分場

分場的單位並不固定，可以是事件也可以是場景，不限任何單位。也可以把名片或便利貼用來當分場的工具。接下來會以P122附錄②的「**起承轉合分格表**」進行分場方式的介紹。

填寫範例：TAKE09、10的故事

● 卡關時從「合」下手

如果在填格子時卡關，建議從「**合**」開始寫，然後寫出相反的狀況作為「**起**」，最後再思考怎麼銜接中間的「**承轉**」。

起承轉合分格表		起	承	轉	合
起 第一幕 命題 序	百無聊賴的公主宮中準備與未婚夫成婚	公主在宮中無聊 _{公主的謠言 ｜ 宮中庭園公主騎著重機登場 ｜ 與未婚夫擦身而過瞧身都被禁止重機 ｜ 儘管但無聊}	公主嚮往重機與自由 _{公主臥房 ｜ 藏起來的重機鑰匙 ｜ 公主的回憶公路車自由的重機 ｜ 臥房窗戶的重機由興奮著}	與未婚夫到街上，發現一台櫥窗中的重機 _{搭未婚夫的公路車到街上 ｜ 在櫥窗中看到要什麼禮物?重機! ｜ 要什麼禮物?重機! ｜ 結果被拒}	公主逃出宮外 _{臥房賈寶石與重機的海報 ｜ 溜出臥房 衛兵! ｜ 甩開衛兵來到街上}
承 第二幕前半 反題 破	公主溜出宮外，騎著重機從海邊到其他城市與青年相遇	公主用寶石買了台重機，逃出宮外! _{攤販! ｜ 想買重機但沒有錢 ｜ 賣寶石買重機 ｜ 兵出海了!慎重了騎乘走}	在海邊騎車遇見騎著破爛重機的青年 _{公主在海邊騎著重機 ｜ 兩人一起騎車}	青年居住的其他城市修理工廠	公主在其他城市與青年過著幸福快樂的日子 _{公主被濺油耳罪哭 ｜ 兩人修車 ｜ 公主試騎青年坐面}
轉 第二幕後半 反題 破	宮中的追兵公主與青年被拆散	追兵掌握到線索追查兩人 _{追兵 ｜ 公主與青年來到海邊}	教會舉辦別人的婚禮青年想向公主求婚卻被追兵抓到 _{公主準備對青年求婚 ｜ 兩人看到教會正在舉辦別人的婚禮 ｜ 追兵 ｜ 青年向公主求婚 ｜ 被抓到的家人}	青年背叛公主 _{女生的真面目是公主}	公主與青年被拆散 _{青年兩難青年與公主分離 ｜ 公主孤單回宮 ｜ 臥房重機的海報}
合 第三幕 合題 急	公主再度逃跑青年與未婚夫一分高下	公主的婚禮 _{公主神聖的決心 ｜ 未婚夫與那輛重機一起出現 ｜ 打倒未婚夫重機 ｜ 國王也支持青 ｜ 進捕逃跑}	公主騎重機逃跑!海岸	未婚夫與追兵、青年 _{未婚夫的真心 ｜ 公主要去哪裡? ｜ 公主要去青年住的城市}	公主VS未婚夫青年前來幫忙兩人騎車! _{追兵近了青年打倒未婚夫兩人奔馳}

※「起承轉合分格表」日文版表格檔案可以從本書監修者的網站「映画制作の教科書シリーズ」下載：http://filmmakebook.minatokan.com

訣竅**B**

大綱處理器（outline processor）是好幫手

有一些文書編輯器可以把文章的階層結構畫成樹狀圖，讓使用者點進各個細項裡編輯，**大綱處理器**就是其中一種。大綱處理器可以拉出本書說明過的劇本階層結構，讓使用者切換各階層與不同項目，想到什麼概要或細節隨時都可以記錄下來。介面的邏輯等同於是過去常用的分場表。

●使用大綱處理器試寫

先不要管什麼階層，想到什麼就先寫什麼。寫完之後再分割出下級階層寫細節，也可以等好幾個下級階層的內容寫完之後，再編輯上級階層。來來回回進行編輯，將最上級的故事全貌梗概，填入下級階層的起承轉合（事件、場景、畫面）之中。軟體用習慣之後，從分場到劇本定稿都可以在這個軟體之中搞定。

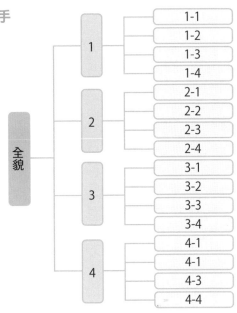

原來如此！

同場加映

編劇要用哪一個軟體編輯？

Microsoft Word之類的文書處理軟體通常可以開啟「標題」的功能，Google Doc也有這項功能，可以當作大綱處理器來編輯。如果想要輸出直書的劇本，推薦具有劇本編輯功能的文字編輯器「O's Editor2」，或者在文書處理軟體中開啟範本（搜尋「劇本 範本 Word」）等等。英文網站「celtx.com」也可以整合分場、劇本、內容與行程表。

㉝ 常見的
劇本格式

III

進入專業編劇的領域

訣竅Ⓐ

劇本格式三要素：「場景標示、畫面說明、對白」

①場景標示

場與場之間的標示，以場地或時間區分，方便安排拍攝計畫。

・場次

從1開始按照順序編號，劇本經過修改之後，被刪掉的場次號碼就此從缺；增加的場次在後面補英文，例如**4A**，用**A～X**標示新場次。

・地點

「○○家 客廳（內）」、「○○家 門前道路（外）」如此標示出內外景，好分辨要棚拍還是外景。

・時間

白天或晚上，清晨或傍晚，或是其他特定的時間。

②畫面說明

說明登場人物的行動和發生的事情。初次登場的角色要寫全名、年齡和性別，如**濱田裕子（37歲女性）**。

③對白

對白要寫在人名後的引號裡。影像作品中的對白不如書面文字好理解，寫完可以自己朗讀一次。**對白基本上要盡量簡潔、以影像說故事。**角色只需寫姓氏或名字就好。

・頁數

將場次一的那一頁設定為第一頁，一看就知道大概的片長。

劇本格式範例（縱書）：

4		3	
電車裡　早上	裕子「接著，該怎麼辦呢」	家門外的道路　大門前　早上	裕子回到家門口。 站著不動，看著自己家 抬頭看向大門。
裕子坐在沒有其他乘客的車廂內。			

－3－

Information

◆全球通用的劇本內涵

每個國家都發展出一套自己的劇本格式，不過最大公約數都會包含三大要素：①**時間地點（場景標示）**②**誰做了什麼（畫面說明）**③**講了什麼（對白）**，因為只要三大要素明確，就畫得出完整的攝影、剪輯設計圖。場以地點和時間區分，拍攝就照著分場走，這樣才能確定每一場的登場人物和時間地點。有些人會使用「××××」的記號標示時間流逝，不過這樣拍攝會比較難區分場次，不如使用場景標示。

◆劇本與後期的指示

畫面說明有時候會寫到 F.I.（淡入）、F.O.（淡出）、O.L.（疊影）、Wipe（劃接）、入鏡與出鏡等關於剪輯與混音的指示，不過不同影視作品進入後期製作時也常常採取不同的安排。此外，許多導演習慣在劇本上畫線註記 UP（特寫）、LONG（遠景）、P.O.V（主觀視角）等等，寫劇本的時候，不妨多問自己想要呈現什麼畫面。

歐美會使用橫式劇本，①**場景標示**②**畫面說明**③**對白**的三大基本要素是共通的。

```
3    家門外的道路　大門前　早上          3

         裕子回到家門口。
         抬頭看向大門。
         站著不動，看著自己家。

                裕子
           「接著，該怎麼辦呢」

4    電車裡　早上                       4

         裕子坐在沒有其他乘客的車廂內。
```

● 修訂情況

‧修訂編號 ┄┄┄┄┄┄┄┄┄┄┄┄┄┄┄▶
每修改一次就增加數字，一看就
知道哪一個是最新版。

‧劇本階段 ┄┄┄┄┄┄┄┄┄┄┄┄┄┄┄▶
顯示是哪個階段用的劇本。
準備版：準備階段、試寫的劇本
決定版：劇本的最終階段
完稿版：劇本完稿
拍攝版：實際拍攝用
其他還有剪輯版、短版等等。

訣竅❸

劇本封面要寫劇名、版本與作者名稱

封面很單純，在封面的下一頁通常會插入幾頁主旨、劇情大綱、角色名稱、演員名稱、主創團隊等資訊一覽表。

「外出」第3版（拍攝版）編劇：衣笠竜屯

◀┄┄ ● **片名**

◀┄┄ ● **作者名**
　　　有時會多人聯名

同場加映

一頁劇本大概是片長幾分鐘？
影片長度與劇本的頁數大概是幾比幾？這邊有一組參考數字，通常一張200字稿紙接近一分鐘，一張400字稿紙接近兩分鐘。如果你的軟體可以編輯日本的劇本格式，電子檔的一頁大概不到一分鐘。實際片長當然要依表演、場面調度與剪輯而定，不過上述的數字可以當成是平均的參考值。劇本寫多了之後，你還可以依照內容評估出大概的長度。順帶一提，以前的片長單位是「呎」，膠捲時代是以feet表示片長。

劇本寫作的表達方法
與地雷區

訣竅Ⓐ

視線與劇本表現

我們都是從一個人的外顯表徵判斷他的心情，因此不要在劇本中向觀眾解釋角色的**內心戲**，而是**要設計成肉眼可見的狀態**。舉例而言，在《黑獄亡魂》（1949，英國）的最後一幕，女主角面無表情無視主角走了過去，觀眾會注意到她這樣做的心理因素，並心生感慨。

●眼神是電影語言的基礎

我們會根據角色注視的對象，腦補出他內心的想法，這是電影萌芽期被發現的原理**「庫勒雪夫效應」**（參閱TAKE18）。別人對我講「你好」時，眼睛看著我還是別開眼睛，給我的印象也截然不同。在《小姐乾杯》（1949，日本），一個粗魯暴發戶青年，看到芭蕾舞的天鵝死亡後嚎啕大哭，隔壁座位的小姐錯愕地看著他，最後露出了微笑。這一幕完美呈現了**她墜入愛河的瞬間**（以及青年的為人），角色眼神方向的設計，至今依然是電影語言的基礎。

訣竅Ⓑ

化繁為簡

A：「你去見他吧。」**B**：「我才不要！」→下一幕：公車行駛在山路上。→下一幕：**B**在公車內座位上眺望窗外的風景。觀眾這樣看下來，自動會腦補**B**最後被說服的劇情。知道結果就會知道過程，若能鋪陳一下開頭變化前的部分，這就是一段小故事了。

●寫起來很瑣碎時，先懷疑其必要性

寫起來很瑣碎的部分大多都是沒必要的內容，在寫一個**「Xa→Xb」**時，先找出這個場景中**真正不可或缺的元素**，這樣寫會輕鬆很多。

●相遇的戲碼大多可以省略

省略相遇戲碼的常用手法是轉而描寫他們的**重逢**，重逢戲碼會讓角色出場一次的CP值更高。《七武士》（1954，日本）的前半部也是如此，主軸若放在招募戰友上，就要設計出歡樂的重逢場景。重逢戲碼中的某些角色，則是在扮演描述主角過去的功能。

Point 電影是團隊合作的工作，寫劇本時要小心別限制到導演和演員的表現。除此之外，預設的放映環境不同，對白的設計就需要不同的巧思。

 訣竅**C**

劇本寫作的地雷區

影像創作是以劇本為設計圖，導演、演員或剪輯師的靈感、即興或氣質則是作品的血與肉。編劇**固然要設計細節，但仍然要留白給演員與主創團隊詮釋，不能把一切說死**。編劇盡量不要指揮任何場面上的調度，從頭到尾專注在事件即可。

● 劇本通常不寫什麼？

· **分鏡**：要以什麼影像或聲音呈現劇本文字是其他人的工作，**編劇不會寫哪幾場戲要用什麼影像呈現**。

· **表演方式或內心戲**：編劇只寫鏡頭會拍到的部分，亦即行為與對白，**不寫內心活動**，留下一些詮釋與表現的餘地。

· **又臭又長的日常對話**：**不要把日常的流水帳對話照抄下來**，挑出重點關鍵字設計對白，對白才會有節奏也更容易理解。

● 設想歸設想

新手常常忍不住寫出「男子覺得憤怒」這類句子，但是內心戲的描寫都是不必要的，盡可能也不要寫「他露出憤怒的表情」之類的。不過這不代表你不需要設想這些內心戲，而是說**設想歸設想，不要寫出來**。設想周全的劇本前後邏輯才會一致，也比較容易執行。舉例來說，劇本只要寫下列的內容，內心戲就交給演員和導演想像。

> 　　　　男子收下電報讀完之後。
> 　男「……」
> 　　　　他走出房間，奮力甩上門。

 同場加映

戲院和家中的觀影環境，適用不同的對白邏輯

電影是在戲院裡專注看兩個小時，電視劇則是在家中長期一集一集追，每一集都會有生活雜音與其他干擾。由於環境的不同，電視劇都對容易漏掉訊息的觀眾很友善，即便影像已經交代清楚，依然會透過對白加以解釋與確認。另一方面，電影若採取同樣的做法會變得又臭又長，因此通常只以影像敘事，不用對白解釋。再更進一步來說，若使用的是當代的串流平台，觀眾是可以倒轉重看的，可見不同的載體需要不一樣的敘事手法（參閱TAKE44）。

開一場高效會議的技巧

訣竅A

會議目的明確

在寫劇本大綱、初稿和改稿的各個階段,常常需要與主創團隊開會進行討論,以下羅列幾個開會時的注意事項。

● 一開始先決定會議目的

先把當天會議的**主題記錄下來**,不然目標不明確很浪費時間與精力。

● 少說多聽

開會的時候你都是在發言還是聆聽?很多時候你需要的是**「少說多聽」**,一味堅持己見是寫不出好劇本的。

● 發問

發問要有拋磚引玉的效果,引導業主講出他的意圖並**激發團隊的靈感**。別人的說詞一開始聽起來可能很隔靴搔癢,但透過提問可以找到真正的核心,不妨把問與答當作是一種TAKE23的腦力激盪。

● 以文字記錄整理

開會一定要有文字紀錄,文字紀錄不但可以防止最糟糕的情況,也就是你忘記業主的要求,而且自己的想法與對方想表達的內容都會更為清楚,有助於提升討論的品質。記錄時可以活用TAKE24的心智圖,最後要**條列出議決事項**。

● 最後確認

在會議結束前,和與會成員**確認**議決事項、方向性或下次開會前的待辦事項。把會議紀錄拍照分享也是個有效的做法。

記錄
記錄…

Information

◆釐清可妥協事項

會議與會者的身分立場各不相同,並非每個人都清楚一切的來龍去脈。眾人分屬不同領域,有人沒寫過電影劇本、有人沒讀過劇本,甚至還有人不看電影或討厭電影。你會在會議中聽到各式各樣的意見,有時候出錢的是老大,有時候權勢掌握在最有話語權的人手裡,還有人只讀了一頁劇本就強出頭來指手劃腳。無論如何,該如何讓溝通的結果為你的劇本帶來加分效果,並不被這些意見左右?答案是**明確描述你的目的**,踩穩**電影要服務觀眾**的立場。你可以區分劇本討論上的幾個事項:①**百分百必要事項**、②**願望事項**、③**可妥協事項**、④**無所謂事項**。區分這些事項才能確定哪些是你可以妥協的。即便其他人的意見稍嫌不合理,也可以當作是種「謬」思與可妥協事項,檢視看看它能不能發揮某種劇情結構上的功能。學著綜觀大局,不要只拘泥小節。

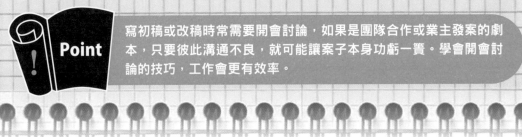

訣竅B

問題意識是改稿的第一步

天底下沒有不需要**改稿**的劇本，接案編劇寫完第一版劇本後，大多會被要求修改，並進入第二版的改寫；開拍前則會因為演員年紀、外景地點等各種條件的改變而需要修改劇本。在開**改稿會議**時，有以下幾個注意事項。

●歸納改稿的目的

凝聚彼此的共識，確定**前一版有什麼問題、修改的目的是什麼**。只要能達成共識，問題幾乎都會迎刃而解；反之，假如問題意識不清楚，就會落入永無止盡的修改地獄。

●擬定策略

確定前一版的問題與修改目的後，重新檢討修改策略，這時候可使用TAKE19的**謬思**、**腦力激盪**、**心智圖**以及TAKE25～28的**解牌**等技法。

●重新檢討策略

討論出策略之後，再理性**檢討一次**。

・要如何採用這個靈感？
・可以解決已達成共識的問題嗎？
・可以達成修改的目的嗎？

接著還要考量這些修改會不會動到故事的筋骨。

・修改之後會毀滅整個敘事或劇情結構嗎？
・有緊扣主題嗎？
・能吸引觀眾感興趣嗎？
・有沒有更巧妙的方法？

同場加映

抓劇本的毛病，並不是在針對你

劇本會議或修改討論時，別人會抓出劇本上的各種毛病，若把這些意見當作對你本人的批評，你就會越聽越沮喪。但其實沒有人在針對你，挑毛病為的是讓劇本更好，因此比起這些毛病更重要的是如何改善。要積極想辦法解決問題，不要糾結於這些毛病。首先是分析問題、擬定策略，這些策略要盡量具體，不要太符合常理，最好多多提出「謬」思，找找可用的資料，保持和樂融融的氣氛，當作是一種腦力激盪。

當有人說「看不懂」
不必多費唇舌，使用「減法」吧

訣竅Ⓐ

「看不懂」的內涵

常有人在看完劇本或劇情大綱後表示**「看不懂」**，我們該怎麼面對這類的意見？

●讓人「看不懂」的是劇情

我們聽到**「看不懂」**時往往就想添加解釋，但歷史大外行也會覺得歷史劇有趣，不懂宇宙物理學也可以喜歡科幻題材。也就是說無論觀眾是否理解故事設定與情境，**只要能理解一連串變化的起承轉合，就能看懂劇情。**

●變化不明確就會「看不懂」

「看不懂」劇情就代表角色變化的**「Xa→Xb」**沒有交代清楚。**X**是什麼？**a**是什麼？**b**是什麼？這些問題沒搞清楚就會**「看不懂」**。

●資訊過少導致「看不懂」

描述**「Xa→Xb」**的必要資訊若有所欠缺，就會看不懂劇情。比方說《伊底帕斯王》是「主角在無意之間弒父」的故事，這個故事需要以下資訊：

X＝伊底帕斯王
a＝活人（只有觀眾知道他是父王）
→＝X殺害此人
b＝死人（父）

觀眾如果**不知道a或b是父親**，就會**「看不懂」**弒父的故事。

●資訊過多導致「看不懂」

一股腦塞了太多設定與資訊也會讓人**「看不懂」**，比方說在上述的場面中，讓古代王國有趣的攤販阿姨或怪物斯芬克斯出場，**太詳細描寫這些資訊**，就會讓**「兒子弒父」**這件事變得難以傳達給觀眾。

伊底帕斯王　　父王？　　　　　父王！

Information

- -

◆看不懂」的本質

「看不懂」可以分成兩種，一種是**「Xa → Xb」**不明確的**「看不懂」**，故事的主角是誰、要往哪裡去都不明確，這個脈絡中的**「看不懂」**亦即**「無聊」**。另一種是雖然**「Xa → Xb」**的結構明確，卻不清楚**b**是什麼狀態的**「看不懂」**，這時與其勉強添加資訊加以解釋，不如把**「看不懂」**當作故事中的謎題，以**「吊胃口」**的技

法引導觀眾看下去。舉例來說，**「Xa → Xb」**不明確的時候，觀眾會進入迷失方向不知該何去何從的**「看不懂」**狀態，並感到不安；但在迷宮中找不到出口的狀態卻充滿了樂趣。確定出口存在，也就是確定**「Xa→Xb」**是成立的。後者的**「看不懂」**帶來的是**「鬼臉捉迷藏」**的效果。即便從頭到結尾都**「看不懂」**，觀眾還是會自己腦補、討論彼此的答案。

Point

找出你的故事主軸，也就是主角變化的「Xa→Xb」，並根據主軸傳達相關資訊。塞太多無謂的資訊反而會淹沒重要的故事，「看不懂」需要的是減法。

①一個人死在男子面前
→**資訊過少** ✕

②男子殺了一個人
→觀眾知道他是父王因此很震驚 ◯

③男子殺了父親，但是斯芬克斯大失控，觀眾都在關注斯芬克斯
→**無關的資訊過多** ✕

訣竅Ⓑ

提煉出必要的資訊

有人說**「看不懂」**的時候，我們先分析故事的變化前與後，逐一檢討**「Xa」**、**「→」**和**「Xb」**。

● 檢討必要性

如果有與變化主軸無關的成分，就**檢核**這個成分對於**「Xa→Xb」**的**必要性**。這個場景如果塞不下「怪物斯芬克斯」，就搬動到其他的事件中處理；但如果有描寫到「下手的動機」，就把怪物安排進弒父的故事線之中。

● 刪減不必要的資訊

與**「Xa→Xb」**無關的資訊越多，就越難讓人理解你想傳達什麼。在說明目的地要怎麼走的時候也一樣，**過猶不及都是無效溝通**。試著找出必要的資訊，刪減不必要的。

同場加映

晦澀難解的電影等於「看不懂」嗎？

有幾部人稱晦澀難解的電影是大家津津樂道的名作，大家看不懂卻都覺得很有趣，可見「看不懂」和「有趣」是可以並存的。《2001太空漫遊》（1968，美國）是一部晦澀難解的代表作，某個力量賦予人類智慧、月球上發現史前遺物、電腦莫名叛變、人類莫名在異空間轉生。小故事高潮迭起，謎題的設計精巧，讓人一直想往下看，而最大的謎題還是交由觀眾腦補與推理。《2001太空漫遊》的小地方可以感覺到「Xa→Xb」存在，大局的則是讓觀眾詮釋，因此「看不懂卻很有趣」。

你也能當專業編劇～希望所有人都來寫劇本～

小林幸惠〔劇本中心負責人〕

「劇本中心」是於1970年成立的一間編劇培訓班，創辦人是參與過「站前」系列喜劇片的編劇新井一。

課程宗旨可分為**「正式劇本創作班」**、**「興趣與基本素養的劇本班」**和**「小說創作挑戰班」**，不分班級與年齡總共有超過65,000名報名者（截至2021年4月為止），九成的劇本班座無虛席，超過600人是第一線活躍的專業人士。本校培養的是能夠長年在業界走跳的實力派編劇，因此每天都能在電視上看到畢業生的劇本。

本校的教學重點聚焦在**編劇技術、表現技巧與傳達技巧**。我們相信多數的創作是來自創作者自己的感受力，而感受力是因人而異、無法教的。但是學會編劇技術，才能將自己的感受力發揮到淋漓盡致。

劇本有劇本的語言，劇本以文字書寫但以影像呈現，因此只能寫看得見的東西。**編劇技術講究的是如何呈現與傳達拍不出來的東西**，比如說**動機、脈絡、內心戲、人際關係**和**時間的流逝**。

本校的基礎課程是在編劇技術的脈絡上，鉅細靡遺介紹場景標示、畫面說明和對白的寫法，以及電視劇最關鍵的角色、戲劇結構與對白等。本校與其他地方最大的差異就是，每堂課要同學寫劇本作業，並會進行修改，但是不會針對內容指指點點。因為只有在**精熟一項技術、想寫的東西都完整呈現出來之後，創作才會是作者自己的東西**。本校的學生都能發揮自己的感受力、掌握整套編劇技術，因此培育出最多的業界編劇。

在編劇養成班（半年）、劇本八週班（2個月）和劇本線上課程（半年）中都可以學到編劇的基本功。有些進階班也會以討論課的方式進行，讓學生學得更細、寫出20頁的劇本，培養出更深厚的功力。本校目前也規劃了半實體&半線上的課程，歡迎世界各地的有志之士參與。

劇本中心東京本校（シナリオ・センター東京本校）
03-3407-6936　〒107-0061東京都港区北青山3-15-14
https://www.scenario.co.jp/
培育出詹姆斯三木、內館牧子等超過600名創作者，宗旨是透過編劇培訓班孕育專業人才。除此之外，目前也推出兒童劇本的到班教學課、利用劇本的概念進行企業研習等等，總部、線上班和大阪校加總起來，全國有超過3,000名學員。

Information

◆小林幸惠〔劇本中心負責人〕
1950 年出生於東京，畢業於成城大學，畢業後在新井一的劇本中心公關部擔任文案編輯。1990 年，就任董事長，1997 年，所長新井一離世後繼承公司，成為社長兼董事長，直到現在。除了公司經營之外，也在劇本課、兒童劇本班、企業研習和職涯增能教育裡擔任講師。著作包括《從今天起開始寫劇本的人生》（暫譯，原書名『今日からシナリオを書くという生き方』）、《鍛鍊編劇力》（暫譯，原書名『シナリオ力をつける本』）等等。

CHAPTER IV

分析經典電影，
寫出有水準的劇本

分析電影的練習可以大幅提升你的編劇力，這一章
大方公開使用分析表格的具體方法，告訴你作為一
個創作者要如何欣賞電影。除此之外，也介紹在寫
原創作品時，要如何運用個案分析的結果與運用的
步驟。學不完的心法，為你打開一雙全新的觀影之
眼。

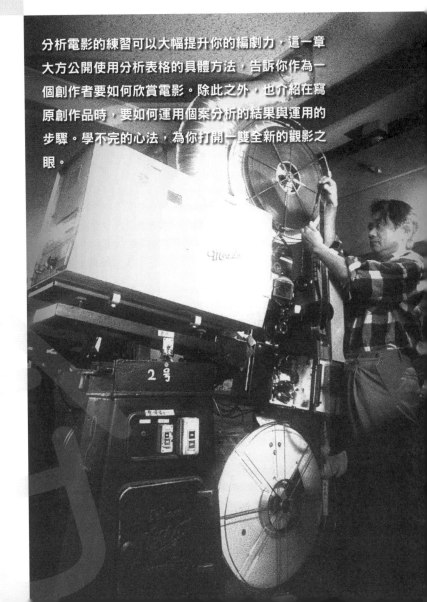

電影分析①
打開不同於觀眾的創作者之眼

訣竅Ⓐ
聚焦在電影的敘事手段

從電影史開天闢地以來，許多的創作者已開發出形形色色的敘事手段、挖掘出各式各樣的效果。

● 敘事手段不怕用

人類是喜新厭舊的動物，看膩了一套就會試用另一套，於是新的敘事手段又蔚為流行。敘事手段的老化不是因為相形見絀，而是大家看膩了。因此**新的創作者會在人們遺忘的時候，重新挖出這些敘事手段使用，復古反而因為有新鮮感而流行**，這是很常發生的。

● 觀賞被遺忘的老片

大家覺得老套的敘事手段，都曾因為效果好而被用到爛、看到膩，因此乾脆去**被遺忘的經典老片**中找看看線索。沒有人看的經典老片或許藏著被遺忘的、引領下一波流行的好敘事手段。

● 研究同類型的其他片

與你的劇本**同類型的其他片**都是競爭對手，可以研究看看要如何脫穎而出、吸引觀眾的敘事手段是什麼。

Information

◆ 知名導演都是影癡

希區考克、高達、楚浮、盧卡斯、史蒂芬史匹柏、庵野秀明、昆汀塔倫提諾、詹姆斯卡麥隆、克里斯多福諾蘭……這些革命性的導演大多都是**影癡級的觀眾**。很多電影他們都信手拈來，也精通老片中被遺忘的敘事手段。他們潛心研究這些手段、融會貫通並運用在自己的作品中，讓觀眾既新鮮又驚豔。**既有事物加上一些巧思，也是生成創意的一套公式。**

訣竅Ⓑ
從創作者的角度看電影

觀眾的觀影角度與創作者有什麼不同？電影**運用了一套語言與觀眾的潛意識對話**，創作者則是要警醒地觀察這一套語言是什麼。

● 可見可聞的內容

觀眾看電影的時候，會因為**內容、心情、興奮、訊息或主題**而產生情緒波動；創作者在分析電影時，要把焦點放在當下畫面上可見可聞的內容。

● 不帶主觀詮釋

一想要進行詮釋就會產生代入感，而觀眾能接收的只有影像與聲音，因此觀影時只注意客觀的影音內容，不要解讀影音背後的意義。剛開始練習可能會想太多太難，但其實就是**「見你所見」**而已。

● 「見你所見」的重點

「見你所見」的對象基本上有兩個。
①現在拍到的**地點**是哪裡？
②拍到的是**誰和誰**？
再加上第三點就會更清楚。
③那個人在**做什麼**？

◆ 如今依然強勢的影像敘事手段

早期的電影是無聲的默片，在那個時代，艾森斯坦、格里菲斯、狄嘉維托夫、穆瑙、佛列茲朗、卓別林等創作者發展出**以影像敘事的手段**，這些手法依然是當代電影的基礎。後來也發展出聲音與對白的敘事技巧，不過當時流傳至今的影像敘事手法依然非常強勢。你在分析電影時，應該會發現影像的敘事能力遠比對白更強。

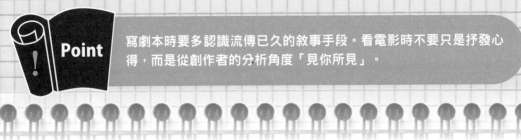

注意時間與戲劇結構

兩小時的電影很難從頭到尾一次掌握，不如把電影細分成幾個單位來理解。

● 以時間區分

以場景或事件切割電影的話，注意力很容易被意義與內容分散，因此單純**以時間為區分單位**比較有效。試試看這個方法，你會意外發現它有多適合分析。

● 每個單位都做記錄

將整部電影的片長分成**四個（起承轉合）**或**十六個段落**，記錄每個段落的重點①地點、②誰、③做了什麼。

● 觀察戲劇結構

觀察的重點是劇情的前後連結，而不是劇情內容或意義。可以分成**起承轉合、START-第1轉折點-中間轉折點-第2轉折點-END**來觀察，再套用「**Xa→Xb**」變化的概念，就會找到整部片的主題。

> 這一塊是什麼情況？

> 嗯嗯嗯，原來如此！

同場加映

電影分析法可以運用於劇本修改或行銷

電影分析的技巧不限於寫劇本的時候使用。接案寫電影的大綱、介紹、解說、宣傳文案，或要討論或協助別人的劇本的時候，如果精通這裡介紹的電影分析法，就能寫出精準的大綱、解說與文案。在修改自己的劇本時，也可以更客觀精確地抓出戲劇結構的特徵與弱點，不會流於主觀感覺。

電影分析②
活用表格掌握全貌

訣竅Ⓐ

電影分析表的使用方式（參閱 P.124 附錄③）

使用以時間為區分單位的表格，填寫每個段落的主要影像元素，這樣分析起來會更方便。以下介紹如何使用P124附錄③的**「電影分析表」**。

STEP①記錄開始與結束時間

填寫**START**和**END**的時間軸，可以的話就以正片的起迄時間為準。《羅馬假期》的片長是1小時58分，開場有跑演職員表，因此正片從1分40秒開始算起，這裡是**START**。片尾只有顯示TheEnd的字樣，此時的1小時58分就是**END**。

STEP②將正片分成16個段落

正片時間直接切成16個段落，在上方欄位標上時間軸。《羅馬假期》的**END**減去**START**＝正片時間＝1:56:20，每個段落＝0:07:16，從頭依序把每個段落的時間加上去，填寫到空格之中。如果是下載本書監修者官網的**「電影分析表」**，表格公式會自動計算時間。

STEP③記錄每一個場景

播放電影的同時，記錄該時段的場景，記錄內容如下。只要大致的內容即可，不必思考意義，只記錄事實。

· 寫下地點的單詞，用□框
· 簡單寫下主要人物，用○框
· 注意到什麼重要事件或道具也可以寫下來（盡量簡短）

範例：《羅馬假期》
〔0:01:40〕
· 新聞畫面。公主（○框）造訪歐洲各國，最後一站是羅馬（□）。
· 宮殿（□）、舞會。公主（○）的鞋子脫腳，隨行的老軍人為了掩護她與她共舞。後來的舞伴都是老年人。終於出現一個年輕男子，但他緊張不敢看她。
▶記錄「簡單來說就是無聊」。
〔0:08:56〕
· 公主房間（□）、公主（○），白衣長頭髮。她吃著牛奶與餅乾，確認明天的行程。她開始歇斯底里，被注射鎮定劑。
〔0:16:13〕
· 公主（○）從宮中（□）逃到街上（□）。
▶啊，溜出來了，接下來怎麼辦……
· 一群男子在房間裡打牌。一名記者（○）先溜出來。
〔0:23:29〕
· 記者（○）發現公主（○）睡倒在路邊，不得已只好把她帶回家。

STEP④綜觀全局

寫完之後整體看一次。回想一下TAKE25～29的**解牌**訣竅，靠想像力從卡牌之間的關係寫出故事。你可以如法炮製，想像散落在正片各處的地點、人物、變化之間有什麼關連性。你會很意外地發現，這些地點、人物與事件的關連和散落的位置都是經過精心安排的。

下一篇TAKE39會進行更詳細的分析。

※「電影分析表」日文版表格檔案可以從本書監修者的網站「映画制作の教科書」下載：http://filmmakebook.minatokan.com

Point 沒有人能記得兩小時電影的所有細節，先以時間為區分單位做記錄，就可以一次掌握全貌。附錄③的「電影分析表」可以幫助你找到片中各元素的關連。

範例：《羅馬假期》→

STEP③　　STEP①

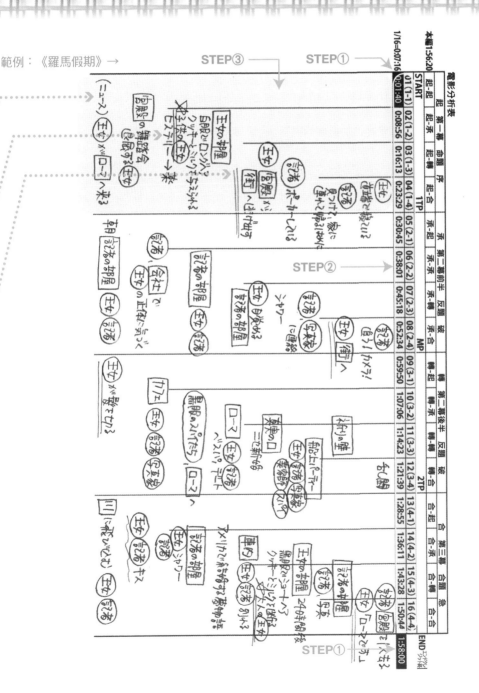

電影分析③
試寫分段梗概

IV

分析經典電影，寫出有水準的劇本

訣竅Ⓐ

從電影分析表解讀戲劇結構

在將焦點放在「電影分析表」中**START**、**1TP**、**MP**、**2TP**、**END**（參閱TAKE06）這五個節點，接著來看看**起承轉合的戲劇結構**是如何設計的。

先切出起承轉合四個段落，再找出這五個節點進一步細分。如果能找到各段落的「**Xa→Xb**」，就能更深入理解整個脈絡。

STEP①分析最初和最後
套用「**Xa→Xb**」的公式，**X**＝主角在什麼地方遇到什麼狀況，用**a**和**b**確認會發生什麼變化。然後比較**START**和**END**，俯瞰整部電影的**劇情走向**。

STEP③第4/16的1TP
X將面臨怎樣的變化或挑戰呢？

STEP②注意第8/16的MP
變化的過程中，**X**呈現什麼狀態？既不是**a**也不是**b**的狀態會成為伏筆，讓最後的**Xb**更具有意義。

STEP④第12/16的2TP
X在什麼狀況下受到什麼威脅？真正的問題點是什麼？劇情主旨浮出檯面。

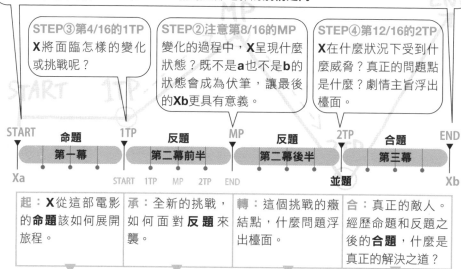

START 命題 1TP	反題 MP	反題 2TP	合題 END
第一幕	第二幕前半	第二幕後半	第三幕

Xa ···································· Xb

起：**X**從這部電影的**命題**該如何展開旅程。

承：全新的挑戰，如何面對**反題**來襲。

轉：這個挑戰的癥結點，什麼問題浮出檯面。

合：真正的敵人。經歷命題和反題之後的**合題**，什麼是真正的解決之道？

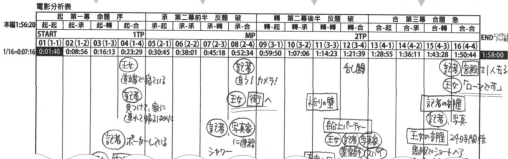

Point 填寫完電影分析表之後，找出散落在各段落的地點、人物與變化之間的關連，並寫出一行的短綱（梗概），自行詮釋這個劇情。

訣竅Ｂ

以分段梗概理解戲劇結構

把戲劇結構中的各段落寫成一句梗概（參閱 TAKE20）加以理解。除了**Xa**和**Xb**，變化的過程（「→」）也會更明確，接下來依然以《羅馬假期》為範例。

【四大節點】
STEP①最初和最後
START是公主來到羅馬的宮中，**END**是公主在宮中與記者道別。這是**「公主來到羅馬，最後與記者道別的故事」**。

STEP②MP
公主在街上遇到各式各樣的人，自己決定剪頭髮。換句話說，她獲得了自由。

STEP③1TP
從記者房間獨自來到羅馬街頭。

STEP④2TP
公主和記者從追兵手中逃出，墜入愛河。

【起承轉合的「Xa→Xb」與分段梗概】
起：無聊的公主、在羅馬逃亡、在記者房間醒來。▶公主逃出宮外

承：公主走出記者房間到街上剪頭髮。▶公主在羅馬享受自由

轉：全新的公主與記者一起逃亡。▶公主與記者約會，兩人距離縮小

合：兩人接吻。回到記者房，但是公主決定回宮。在記者會的擁擠人潮之中，兩人祕密道別。▶公主在大眾面前將祕密的戀愛收進心中

【將全片歸納成一句梗概】
「稚氣的公主逃到街上，嘗到自由的滋味，與心機的中年記者談戀愛後長大。但是她將一日限定的戀愛藏在心中，成為**成熟的公主。」**

訣竅Ｃ

往下挖掘，深入理解

以下的解讀範例**X**為公主，你也可以把**X**設定為其他人來分析，找到這些連結就能看出創作者的意圖。多多分析各種電影，才能讓自己的理解更深入。

●注意
開頭和結尾的場景都是公主房間，一開始是白服長髮，結尾是黑衣短髮，看得出從稚嫩到威嚴，**公主的成長**。

●剪頭髮的象徵
MP的時候，公主自己決定要**剪短頭髮**，並在自由之中學會**為自己做決定**。

●為何無法貫徹自由？
但是公主沒有與記者私奔到美國的鄉下，她**決定回宮**，為什麼？

●新聞的伏筆
開頭的新聞介紹了巡迴歐洲各國的公主，戰後九年，年輕的公主要去談貿易、年輕人的未來、參加會談等等，外交事務相當繁忙。**年輕貌美的公主**背負的期待，或許是**戰爭後的和平**。

●個人的自由與世界的責任
公主在自由的街道找到的不是自己的愛情，而是人民對於**和平深切的期望**。在約會的尾聲，兩人來到大戰中出現的**祈願之牆**，她發現**自己的矛盾**。

●另一個主題
《羅馬假期》可以說是**「公主為了人民的和平決定肩負家國大任的故事」**。《天氣之子》（2019，日本）的巫女是拒絕犧牲，《魯邦三世 卡里奧斯特羅城》的公主則是與《羅馬假期》的公主有相近的命運。

電影分析④
撰寫文案與解說

訣竅Ⓐ

撰寫宣傳文案

宣傳文案（參閱TAKE20）**是宣傳用、無劇透的一行大綱**，用於預告或海報的也會直接叫**「海報文案」**。

●嚴禁劇透

嚴禁劇透的部分，指的是劇情進展到**MP**或**2TP**的時候浮現出來的真正問題。大多是**轉**的負面段落，或**合**的解決段落。假設要在海報上提到這些段落，一定要非常謹慎設計，不能暴露出背後的內涵。

●要寫到什麼段落？

有些當代的海報會寫到電影**前半**，老片則是有可能到**四分之三**左右，這些都是**表面上很有趣的部分**。

《羅馬假期》在後半的**「轉」**階段中，出現**兩人在羅馬街道上騎車**的畫面，這是部老片，所以海報上可以透露到電影的**四分之三**。

●藏住真正的主題

《羅馬假期》的海報：

「年輕貌美的公主逃出羅馬宮外，展開冒險與戀愛」

真正的主題：

「公主會選擇公共責任或個人幸福？」

但是不能讓觀眾在看正片之前發現這個主題。

●從梗概擷取宣傳文案

TAKE39的梗概：

「稚氣的公主逃到街上，嘗到自由的滋味，與心機的中年記者談戀愛後長大。但是她將一日限定的戀愛藏在心中，成為成熟的公主。」

從這句梗概，擷取成宣傳文案：

「稚氣的公主逃到街上，嘗到自由的滋味，與心機的中年記者談戀愛後成長。」

後半的劇透要刪除。

「接下來的故事，請到戲院一瞧究竟」

若能讓觀眾感覺電影另有其他主題，這就是個引人入勝的文案。

訣竅B

挖掘電影的主題

電影的**主題**就藏在「**Xa→Xb**」之中，**a**和**b**發生的變化就是主題。如何解讀**a**和**b**？促成**a**和**b**變化的「**→**」主因是什麼？找到這些問題的答案，就能發現一部電影不同層面的主題。

●《羅馬假期》的主題是什麼？

假設**X**是公主，**a**是稚嫩、**b**是長大，《羅馬假期》的主題就是「**公主的成長、何謂長大**」。再更深入探討，假如**a**是「遵守規定的公主」，**b**是「自己決定回到王室的公主」的話，主題就是「**王室的成長、何謂好的王室**」。

●深入挖掘「→」部分

接著再注意「**→**」部分，找到公主在**起承轉合**、**TP**、**MP**各階段一波三折的原因。最後就會發現主題是「**自由意志與維持和平的責任**」。

訣竅C

撰寫解說文

經過**深入挖掘**後，抓出《羅馬假期》的**梗概**、**宣傳文案**和**主題**，整合成一篇電影解說。按照前面介紹的分析法，一定能寫出屬於你的電影解說文。

【《羅馬假期》解說文範例】

美麗的公主遇見了平凡的中年記者，身分有別的兩人展開了一段愛情故事。公主逃出宮中，中年記者為了追八卦而跟著她。在他們歡樂的你騙我我騙你之中，我們彷彿也在羅馬體驗了一次燦爛的自由。後來，他們超越了謊言互訴情意……第二次世界大戰九年後，以百廢待舉的歐洲羅馬為舞台，帶給你全新價值觀、人生觀，並將希望封存在感傷的愛情之中，成就這一部不朽的名作！

同場加映

文案力有助於編劇力

分析別人的電影、寫宣傳文案和梗概，這些在磨練的不全然是行銷力。分析電影等於是在研究怎麼寫劇本；培養文案力，則是能幫助你判斷自己的作品哪裡吸引觀眾，學習客觀檢視這樣的敘事是否有趣。也就是說，你在培養的是判斷力，判斷「要說什麼、不說什麼，觀眾才會想看電影」。這些練習不只能提升感受力，也關乎組織劇本的邏輯力。

從分析到創作①
產出新故事

訣竅Ⓐ

凡是戲劇皆有「套路」

電影和劇本的分析可以應用在自己的創作上，因為讀過各式各樣的故事，就能辨識出戲劇中的**「套路」**。

●戲劇的套路其實不多

如果被劇情所迷惑，就會覺得每一個故事都不盡相同，但若關注在戲劇的**「套路」**上，就會發現套路其實都是那一些。**套路是人類理解世界的方法，這些方法幾乎都是固定的。**

●用套路創造新故事

戲劇的套路雖少，故事卻非常多，因為**一種套路，可以增生出無限多的故事。**總而言之，**學習套路、應用套路就能創造出新的故事。**

訣竅Ⓑ

原創與抄襲的光譜

有些人會擔心用同樣的套路寫故事，會不會有抄襲（侵害著作權）的疑慮。不過講極端一點，當你使用同樣的語言與既有的影片格式時，就代表你**某種程度上站在前人的肩膀上**。

●創作的光譜

原創和**抄襲**之間沒有明確的界線，而是一種連續性的光譜：**原創→受到啟發（靈感來源）→受歡迎的模仿（致敬／戲仿）→重新製作（改編／重製）→引用→不道德→抄襲（違法行為）。**

●套路的流用不成問題

使用這些種類不多的套路本身不是問題，端看從原作中提煉出套路和要素之後，你要怎麼修改與取捨。

| 原創 | 靈感來源 | 致敬／戲仿 | 改編／重製 | 抄襲 |

你的作品落在哪裡？

Point 分析各種電影的「套路」，從你找到的套路中創作出新的故事。原創作品多半都受到前人開闢的天地所滋養，先透過改編寫出新的故事，預防自己流於抄襲。

訣竅 C

套路的運用方式

當你有一些靈感，卻不知道該怎麼發展出一部作品時，**參考其他作品**是一個非常有效的方法。

● 參考作品不嫌多

分析參考作品的梗概、事件、角色與道具等特色，歸納出一些套路。**參考作品不限一部**，可以多部一起整合。

● 發展原創性

運用套路前要先釐清你作品的三要素。
① **不可妥協的段落**
② **希望可以保留的段落**
③ **無所謂的段落**
釐清作品中**不可讓步的段落**在哪裡，把這些段落當成骨幹，靈活運用那些套路，這樣就會發展出原創性。

● 覺察你的潛意識

相反來說，你的原創作品可能**在潛移默化之中受到其他作品的影響**，因此靈光閃現的時候要先冷靜思考，不要一個不注意就淪為模仿了。

訣竅 D

向影響後世的經典名作學習

● 《一夜風流》（1934，美國）
→ 《羅馬假期》（1953，美國）：基本設定相同，不過修改得更精緻、主題更深化，成為一種脫線喜劇的完成體。
→ 《畢業生》（1967，美國）：獲得新娘逃婚、婚禮破滅的靈感。
→ 《魯邦三世 卡里奧斯特羅城》（1979，日本）：沿襲上述兩部作品的脈絡，故事和其他部分都深受影響。
● 《七武士》（1954，日本）
→ 《豪勇七蛟龍》（1960，美國）：將中世日本的歷史劇改編成墨西哥的西部片。
● 《戰國英豪》（1958，日本）
→ 《星際大戰》（第四集）（1977，美國）：沿襲保護公主的劇情主軸與各種角色，將戰國時代的歷史劇，轉換成其他銀河系的太空歌劇。
● 《白鯨記》（梅爾維爾）、《老人與海》（海明威）
→ 《大白鯊》（1975，美國）：移植《白鯨記》的怪物與船長等角色和主題，套用《老人與海》的場面感，讓主題更有深度。

同場加映

參考作品最好選不同類型的電影

有時候實務上會碰到為了已決定主題的劇本去找參考作品，**這個時候建議**選擇與原本主題相差很多的類型片，要寫愛情片，就參考冒險、動作或恐怖片。相差很大的類型更需要一些破天荒的改編，這些改編加入你的原創靈感之後，戲劇結構、角色與主題就能更加深化。與愛情走得越遠，越是在考驗你「愛情為何物」，當你找到答案的時候，參考作品已經長成另一個形狀了。強迫自己發揮創意，就是通往原創的道路。

TAKE 42　從分析到創作②　作品的實戰改編

訣竅Ⓐ

把愛情片改編成恐怖片

假設你現在要寫恐怖片的劇本，你可以把《羅馬假期》的案例分析當參考，挑出幾個要素使用。

STEP①盤點《羅馬假期》的案例分析

【梗概】

「**稚氣的公主**逃到街上，嘗到自由的滋味，與心機的中年記者談戀愛後長大。但她將一日限定的戀愛藏在心中，成為**成熟的公主**。」（TAKE39）

【主要角色】

公主、記者、攝影師、主編、美容師、特勤人員、隨侍人員（TAKE38）

【兩人的動機與事件】

・公主：逃出宮外、隱瞞身分
→**墜入愛河**

・記者：為了達成目的帶公主到處玩
→**墜入愛河**

STEP②確定電影的製作條件（類型、觀眾群）與想寫的方向

恐怖片、10幾歲客群、不只是嚇人還要有點深度的故事

STEP③轉譯各項要素

・公主→**喜歡怪力亂神的男子**

・記者→**女鬼**（目的是咒殺）

・羅馬→**靈異景點**

▶男子在靈異景點被女鬼附身

・公主的隨侍人員、特勤人員→**為男子操心的靈能力者**

・記者的攝影師、主編→**女鬼的監視者與老大**

STEP④整合劇情設定與結構

・男子（公主）前往**靈異景點**，遇見志同道合的女子（記者）。

・她帶他去知名的靈異景點的時候，拍到了**靈異照片**（攝影師）。兩人繼續往前走。

・女子其實是**鬼**，目的是咒殺男子讓他加入他們**惡靈的行列**。她與助手和監視鬼共同行動，上頭還有**惡靈的老大**（主編）。

・男子帶著**靈能力者**（隨侍人員）給他的護身符，使用**護身符**，惡靈就無法靠近。

・兩人發現彼此的祕密。

・男子猶豫良久，最終決定使用**護身符**，最終惡靈的**詛咒解開，順利升天**。

STEP⑤安排劇情設定、發展劇情

決定最後的「**Xb**」與開頭的「**Xa**」，構思**起承轉合、MP、1TP、2TP**。思考恐怖片的文案要如何**製造驚恐感**。電影後半，**男子陷入靈異世界的糾葛**，這才是本片真正的主題。

【新版梗概（大綱）】

男子不顧朋友的反對，獨自前往**靈異景點**，朋友給了他**護身符**帶在身上。他在當地遇見了志同道合的女子，兩人一起在靈異景點冒險，但其實**女子就是惡靈**，她附身在男子身上。男子知道女子的真面目，也不在乎自己會不會因此被咒殺。但是後來他發現女子也被幕後的惡靈所詛咒，於是他使用**護身符**逃脫，**女鬼升天**。

Point 把你分析出來的電影要素，轉譯成你準備製作的電影，新的故事會從這個轉譯的過程誕生。挑選不同要素、進行不同轉譯，可以組合出無限的可能。

 訣竅B

把愛情片改編成科幻片

STEP①盤點《羅馬假期》的案例分析

STEP②確定電影的製作條件與想寫的方向
科幻片、成年向的科幻粉絲、不可思議的故事

STEP③轉譯各項要素
・公主→尋找外星人的地球探測船（握有祕密的技術）
・記者→外星人（目的是獲得探測技術）
・公主在記者家中醒來的不安→**對於近距離接觸的不安**

STEP④整合劇情設定與結構
・地球探測船首度遇見**外星人的太空船**。主角要不要設定為語言學家？
・地球人恐懼又不安，**與外星人產生衝突**。
・外星人發現地球人偷偷握有他們一直想要的技術，**彼此的不安**更加白熱化。
・在攻擊的倒數計時中，語言學家擅自作主，將外星人想要的**技術細節**傳送出去。
・外星人為了報答主角，也**傳送出地球沒有的技術情報**，雙方解開誤會。

STEP⑤安排劇情設定、發展劇情
文案要透露出最初與外星人相遇的不安、恐懼與懸疑，電影後半是人類與外星人彼此的不信任與恐懼，真正的主題是要怎麼克服這些情緒並互相理解。

【新版梗概（大綱）】
探測船遇到一艘**外星船**，雙方觀念相差甚遠，在摸索中進行交流卻窒礙難行。雙方的**誤會**差點引發戰爭，但是**主角將情報傳送給外星人**，外星人投桃報李，傳送**未知的技術**給地球人，**近距離接觸**成功落幕。

 同場加映

將「**謬**」思大膽轉譯

在恐怖版的改編中，角色都被替換成鬼怪，不過「愛情故事」這個大框架依然保留著；而在科幻版的改編中，不但把角色代換成外星人，也將原版中「對於愛情的不安」抽換成遇見外星人的恐懼。挑選不同要素進行不同的轉譯，就可以找到創新的改編角度，不同的要素與轉譯法也可以組合出無數種故事。將謬思（參閱TAKE19）大膽轉譯，才能寫出有個人風格的創新故事。

認識小說與漫畫的特性：
掌握電影敘事的特色

IV

分析經典電影，寫出有水準的劇本

訣竅Ⓐ

電影劇本和小說的相異之處

瞭解電影和其他載體的差異，寫劇本時就能將電影敘事的特色發揮出來。首先來認識電影劇本和小說的差異。

● 無法描寫內心

小說可以描寫人物的內心；**電影劇本是影像與聲音的設計圖，不會寫拍不出來的內心活動，**通常要透過庫勒雪夫效應等手段，以暗示的方式呈現。

● 無法說明意圖

小說可以解釋對話或動作背後的意圖；**電影劇本寫的不是意圖，而是視覺與聽覺上的表面訊息，**意圖要交給導演和演員去詮釋，最終再讓觀眾腦補。獨白或旁白也是可使用的方法，但不是用來說明意圖，而是以潛台詞的方式表達真心話。

● 無法回頭

小說讀到一半看不懂可以翻回去重讀；**電影卻無法回頭。**

● 不能使用說明性的對白

小說可以透過對話進行說明；但是**電影的對白很難記住，所以不容易用對白說明什麼。**對白不適合用來傳達複雜且大量的內容，需要**加以設計，將要素單純化，讓觀眾想像彼此的關係，才有辦法傳達複雜的內容。**

● 篇幅很少

小說一本大約400頁，但是將近兩小時的**電影劇本，排成文庫本也只有一百頁左右。**以頁數來說，長篇小說的電影版通常只能拍出小說的**不到四分之一。**

● 資訊密度高

假設**將一分鐘影像的所有內容都寫成文字，可以一連寫好幾頁，**包括畫面中每個人物的眼神與移動、背景中出現的各種雜物、攝影機運動、演員瞬間的演技等等。小說不必考慮這些細節，鎖定焦點即可；**電影劇本**則要設想這些因素，一頁的內容其實容納了很多資訊。

● 期待的單位不同

page turner 指的是引人入勝的書，小說要讓讀者期待**下一頁或下一章，**將期待一個個連接下去；電影的期待單位則是場景，因此大多都是**仰賴於場景的變化。**翻頁或換場同樣都是視覺上的切換，不過**「期待」的單位並不相同。**

興奮…

嗯嗯嗯

提心吊膽…

小說

劇本

電影

不同載體有自己的敘事邏輯，多認識電影劇本和小說、漫畫的差異，以及電影本身的敘事邏輯。這樣做除了可以當作改編原作的參考，也可能開發出革命性的電影。

電影和漫畫的相異之處

電影和漫畫同為圖（影）像創作，但兩者之間依然有相異之處。

● 無法回頭

電影不像漫畫一樣可以回到前一頁重讀。

● 敘事節奏的設計不同

實體漫畫會在全開頁面做設計，吸引人往下讀。

右上的第一格承接前一頁並往左下發展，最後一格則是做鋪陳、引導到下一頁。**電影是以分鏡或劇情內涵製造節奏，帶觀眾從一場來到下一場。**

● 越是靜止畫面越難理解

漫畫本來就是靜止畫面，可以大膽地在動作過程中改變時間流動的速度或省略時間，利用這種操控時間的手法，聚焦在作者想表達的意義與內容上。電影基本上就是現實時間，需要一些設計才能讓觀眾聚焦在創作者想表達的東西上。

● 景框是固定的

漫畫的框格很自由，可以千變萬化，也可以破框破格。

電影的框格就是景框，景框都是長寬比固定的四角形，需要一些巧思才能讓景框中的影像動起來

IV

分析經典電影，寫出有水準的劇本

同場加映

將電影分鏡引入漫畫創作的天才

二戰前的漫畫大多是將同樣大小的框格並列在一起，如舞台劇一般，空間是制式化的。二戰後的手塚治虫運用了鏡頭角度、鏡頭運動、景深、遠景、特寫、改變框格形狀營造大小感等技法，將電影的分鏡技巧導入漫畫之中，讓漫畫躍升為主流娛樂。另一方面，他的動畫《殘片》（1985，日本，おんぼろフィルム）也是一部實驗性的作品，將漫畫精神應用在電影技法上，讓人反思膠捲這個框架。認識各種跨領域的載體特色，接受各種領域的洗禮，最後就能導入這些技法，創造出更豐富的表現。

認識其他載體
運用到劇本寫作

訣竅Ⓐ

電影和舞台劇的相異之處

除了電影之外，舞台劇、電視劇和廣播劇也需要劇本，但是這些載體與觀眾之間都有不一樣的關係。認識這些差異，劇本寫作上也會有幫助。

● 可以控制要被看到什麼

舞台劇的觀眾是坐在觀眾席上，**看自己想看的部分**；電影則是導演決定攝影機的位置並任意剪裁，所有觀眾看到的都是**同樣的畫面**。也就是說，**電影可以控制要被看到什麼**。

● 演員活動的空間是自由的

舞台劇的劇場空間是固定的，電影空間則是以攝影機鏡頭為中心點的**扇形**，景深可以無限。而且每個鏡頭的攝影機位置和方向都不同，也就是說**電影可以使用所有可見的範圍**。

● 故事的節點是視覺資訊

舞台劇的章節通常是布幕或燈光的**視覺變化**；電影的場景切換也是種視覺資訊，但**也可以透過剪輯後製，因此彈性更大**。

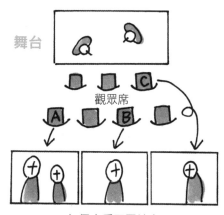

每個人看不同地方

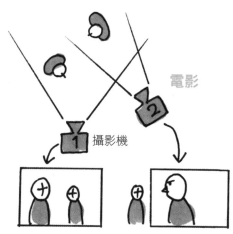

從畫面1→2的順序，大家都看相同的畫面

Information

◆載體特色的分析法

認識不同載體的特色，就可以從這些特色獲得編劇上的線索。分析的時候可以掌握以下要點：

①這類載體可以表現什麼

小說可將內心戲化為文字，電影只能處理外顯的訊息。

②這類載體的物理限制

演員可以活動的範圍或景框等等。

③觀眾與映演環境

看電視劇的時候通常會分心，看電影時則是全神灌注。

④這類載體的章節

漫畫是頁數或連載的一回，電影則是場面、事件或幕等等。

⑤戲劇結構與類型特色

包括命題、反題、並題、合題的結構、是否有廣告破口等等。

Point 認識電影與其他各種載體的差異，學習電影的載體特色，不但有可能開發出新的表現手法，在接到非電影的劇本委託時，也可以派上用場。

訣竅B

電影和電視劇的相異之處

電影和電視劇的最大差異是映演環境，在編劇階段就必須注意這樣的差異。

●是否能專心收看？

看電視劇通常都處於**「分心」**的狀態，不會專心；電影則通常是**在戲院專心觀賞**，出租片或串流平台的收看態度也相當於戲院，因此電視劇要反覆提醒觀眾劇情，**電影則是一次性給予大致的概念**。

●切分點與廣告的有無

電視劇和電影都是以地點或時間切分，視覺上比較好辨識，而且兩者都會在切分點前讓觀眾產生興趣，**引導他們往下看**。不過**電視劇有可能是以廣告作切分點**，通常電視劇每一集的格式相同，插入廣告的時機會是片頭、片尾和起承轉合的**轉折點**。

訣竅C

靈活面對不同片型

影視製作常遇到各式各樣的限制，包括拍攝團隊的問題或映演環境等，劇本的寫法也會配合限制進行調整，靈活應變。

●紀錄片與劇情片

紀錄片通常在拍攝或訪問之後又會調整內容，因此通常是**在剪輯前或剪輯時才製作腳本**。不過劇情片的場景切換或起承轉合的結構，對紀錄片而言同樣是強力的技巧，可以吸引觀眾往下看。

●易讀性與精簡的表達是一消一長

「繁瑣囉唆」會犧牲「表達的精確度」，「極度精簡」會犧牲「易讀性」，這兩組都是**一消一長的關係**。舉例來說，博物館播放的說明影片不管再繁瑣，都要努力讓訊息精確傳達；但如果是拍廣告片就需要快速精簡的表達，而不是說明。時時注意影像會在什麼地方、什麼情況、以什麼目的播放給觀眾，提醒自己要在**易讀與精簡之間取得平衡**。

同場加映

載體會變，故事的基礎不會

學會寫劇本之後會接到各式各樣非電影的劇本委託，比方說宣傳用、內部訓練用的影片、純聲音的戲劇甚至活動的腳本。這種時候，你要①掌握該載體的差異與特性、②思考觀眾與業主的需求、③注意切分點是什麼、④讓觀眾對於各切分點保持興趣、⑤組織一個結構，說出你想闡述的主題。觀眾是透過故事理解世界，「Xa→Xb」是敘事的基本，也是跨載體通用的，起承轉合或轉折點的戲劇結構在任何場合也都適用。

TAKE 45 解讀劇本① 演員角度的角色分析

訣竅Ⓐ 解讀劇本中的角色

故事與角色一同前進，每個角色都有各自的①**戲劇功能**，同時也需要有②**內在的真實性**，觀眾才能產生代入感。劇本不會描述上面這兩點，因此有賴演員自行解讀。

①戲劇功能

主角**X**從**a**狀態變成**b**狀態，這之間的變化是一段波折，波折也有起承轉合。因此各種角色會被安插到每個事件或場景之中。你演出的場景在戲劇中的**定位**是什麼？你的角色在這個變化中具有什麼功能？

②內在的真實性

編劇雖然不會直接寫出來，但是**每個角色都有他的內心情感**，他為什麼要採取這樣的行動？這句對白是想對誰表達什麼？

訣竅Ⓑ 掌握角色的戲劇功能

近年許多電影製作的解說書，都會以榮格的人物原型說明角色的類型。角色類型指的是觀眾可以歸類為主角、誘惑者、壞人、隊友等的角色，這個概念也可以用來設定角色的戲劇功能。

●解讀主角與其他角色的關係

一段劇情中的**其他角色與主角是什麼關係？**是敵人或隊友？是來支援還是來攪局的？方法是？這個角色對主角的想法是什麼？主角對於這個角色的想法呢？

●小配角也有功能

TAKE22提過《瀟灑搶一回》的一個服務生，她的戲份只有10秒，卻依然具有某些戲劇功能。小配角也會對主角群造成變化，這些變化又可能對故事大局產生影響。即便是劇本中沒寫到的一個臨演都有他的功能，可以用來呈現餐廳的氣氛，或者反應主角的心情。**沒有任何角色是冗員。**

Information

◆人物小傳

有些演員會製作人物小傳，對一部電影而言，一個角色的核心價值在於**戲劇功能**，無論人物小傳寫得多詳盡，若與戲劇功能無關還是沒有意義。製作人物小傳時，要先解讀角色的戲劇功能、建構角色的內心，思考他的為人如何形成，並記錄這個為人的形塑過程，這樣的人物小傳，才會是劇情討論的紮實基礎。

◆填補留白處

劇本場景的開頭與結尾通常會被省略，不過觀眾都預設角色們有自己在故事中的人生，因此有一個簡單的技巧可以達成這個目標：**設想角色在這個場景之前，吃了什麼樣的食物。**他在這場戲的多久前，和誰在哪裡吃了什麼？想像味道的記憶、當下的情感、現在胃中的感覺、空腹或吃飽的程度。這樣一來，就能想像出更真實的角色心理與生理狀態。

Point 劇本是設計圖，演員需要具備透過劇本揣摩角色的技術。劇本中的畫面說明和對白背後心理活動經過詮釋之後，才能塑造出鮮活的人物形象。

訣竅C

掌握角色的內在

在構思角色的內心活動時要注意三件事，設定好這三項比較能寫出內在真實的角色。

①目的（動機）
角色**想得到什麼？**有時候是潛在的動機，但是在角色採取行動時，多少都有自己的說明與理由，角色的行動和對白都是出於這個目的。

②目的的障礙
在角色達成**目的**①的路上有什麼**障礙物**？可能是立場、人物或時間，障礙是故事趣味的來源。

③排除障礙的對策（戰鬥）
角色**如何面對**②的**障礙**、如何戰鬥？這會直接影響到該角色的深度。

●設定解析的單位
我們可以從以下的幾種單位，去解析角色的戲劇功能與心理活動。

（A）場景
角色**在一個場景中有什麼功能、目的、障礙和對策？**沒有一個場景是多餘的，編劇寫一個場景一定是出於某種必要性。場景的意義，要從角色的戲劇功能與心理活動找出來。

（B）事件
幾個場景可以組合成一個事件，每個場景都有意義，每個事件中的角色，也都可以解讀、設定他的**功能與心理**。

（C）劇本（電影）
角色**在一整個故事中的功能與心理**。角色走完了這段故事，也經歷了某些「Xa→Xb」的變化。即便從劇本讀不出來，只要設定解釋的範圍，就能帶給人強烈的印象。

（D）電影沒有拍到的角色人生全貌
從角色的戲劇功能，可以找到角色經歷過，但是**劇中沒有提到的前後部分**、中途**省略的部分**。

解讀劇本②
劇組與導演角度的分析法

訣竅Ⓐ

解讀梗概

劇本是故事的設計圖，拍攝現場是以具體的聲音和影像落實這張設計圖。現場難免出現編劇階段沒有的限制或預料之外的事件，**要對設計圖有深入的理解**，才能克服這些困難。第一步先從**梗概**開始認識。

● 認識梗概

戲劇結構的每一個階層都有梗概，包括整部電影、全片起承轉合各段落、每個事件和每個場景。換一個角度來看，每個角色可能寫出另外的梗概，主角也可能同步進行不同的梗概，因此解讀這些梗概是重要的。

● 分場梗概的重要性

開拍之後通常是以場景為單位進行攝影與剪輯，因此分場梗概具有重要的意義。**場景是整部電影劇情的一部分**，從梗概中可以看到一個場景存在的意義，**這個場景要表達什麼？不說清楚什麼？**釐清這些問題，才能明白如何塑造場景。

● 主要角色的梗概

主角以及其他登場角色都有自己的梗概，這些**配角的梗概也要掌握好**。主角是劇情的核心，還有相對於主角的反派角色存在，主角的敵人可能是在凸顯出主角的另一種可能，又或者主角與夥伴一同解決主線任務的時候，夥伴關係變化的支線也同步進行中。掌握各個角色的梗概，才不會在製作上的不同階段產生混淆。

● 影子的存在

創造**影子一般的角色**，是一種凸顯角色特色的方法。價值觀落在光譜兩端的兩個人，**實際上是一體兩面**。《星際大戰》系列的路克和達斯維達就是很明顯的例子，他們幾乎具有相同的特質，卻在一個決定上分為一明一暗。這種一體兩面的關係除了角色之外，也可以套用在城市、船隻等物品或者種族之類的族群，在解讀的時候要注意。

原來　　　　如此！

梗　概

從構成要素切入劇本

劇組團隊的劇本解讀重點，在於從戲劇結構的角度去分析場景與事件等要素。

● 建構場景

建構場景時，不需要亦步亦趨跟著畫面說明的每一行文字，反而要注意**整體的戲劇結構**，並對於**這個場景在劇本中的意義**進行詮釋與理解。進入攝影與剪輯的階段，就要使用現有素材**實現那個意圖**。

● 解讀事件的變化

第一步是分析一個事件中有什麼樣的「**Xa→Xb**」變化，找出變化前的「**Xa**」、吊胃口「**→**」和結果「**Xb**」。值得注意的是，**吊胃口是趣味的來源**，攝影或剪輯的重點就會是如何「拖延」，簡單來說也是一種「**鬼臉捉迷藏**」。（參閱TAKE07）

● 情節和故事的差異

情節和故事是意思相近的詞，我們會說**主線情節**或**支線故事**等等，以下介紹情節和故事的差異。

· 情節

「因為**X**所以**Y**」，兩者之間具有**因果關係**。
【例1】國王駕崩之後，皇后悲痛過度也離開了人世了。
【例2】道影出門尋找明，他找到明了。

· 故事

「**X**發生之後，**Y**也發生了」，依照**發生時序**排列的事件，這些事件沒有因果關係。
【例1】國王駕崩，然後皇后離世。
【例2】道影出門，找到明。

同場加映

不同的場面調度拍出不同的電影

即便是用同樣的劇本重製電影，也會因為劇組團隊不同的場面調度，創作出不一樣的作品。他們怎麼詮釋畫面說明或對白？哪些要呈現出來？哪些要留白讓觀眾腦補？導演、演員和其他工作人員的詮釋都會帶來不同效果，好比說同樣的設計圖到不同廠商手裡，也會生產出不同的產品。電影是集體創作，無論劇本寫得多縝密都有詮釋的空間，不過有些創作者不喜歡這個空間，因此打定主意不寫劇本，而是以分鏡稿、攝影、剪輯的方式創作電影，可見有些作品是可以沒有劇本的。

控制預算
寫出可執行度高的劇本

訣竅

評估製作預算

在編劇階段一定要先評估製作上必要的預算，預算多寡取決於「**時程與品質**」以及「**演出演員**」。

● 時程與品質

執行你的劇本**需要多少的拍攝時程？技術上要求多高的品質？**這些是最大的關鍵。

① 拍攝需要的天數？

製作費大部分消耗在人事費、攝影棚租借費和器材租借費，拍攝天數越長，這些費用就會越高昂。若選擇外景地拍攝，地點越遠就越貴，即便地點很近，**外景地和棚拍的場景數**也會大幅影響到費用。

・減少外景拍攝！

攝影時間的節省得從**交通時間**下手，攝影團隊的移動關乎器材、服裝、道具與燈具等，很花時間。想節省交通時間，就要**刪減外景地的場次**。場景總數不需要調整，只要都在同個場景即可，這樣可以省下大量的拍攝時間。

② 有多少剪輯、後製、CG特效？

非實景拍攝的地點（其他行星或時代）或**不能實際做出來的動作**（車禍、槍擊或殺人的瞬間等等）都需要進行影像的後製。這些成本會因特效品質與數量而異，因此在拍攝版劇本定稿之前，需要與主創團隊進行充分的討論。

・節省成本的手段之一

CG特效常被用來當作一種**節省成本**的手段，比方說地點設定在國外時，只要準備背景的照片或高解析度的影片，讓演員在棚內綠幕拍攝，這一大筆外景費就可以全部省下來。

③ 需要劇中歌曲或特殊的事前配音嗎？

劇中使用的歌曲即便是哼歌，也需要支付**授權金**，這部電影若不能欠缺特定的歌曲，就要特別注意授權問題。

・可以在開拍前演奏或演唱

劇中若有正式演奏音樂或演唱的橋段，可能會為了確保音質或考量影音的搭配，在開拍前先錄音、開拍時播出。讓演員配合聲音做動作，收音不會去收人聲，這種方法叫做「**預錄**」。既然是預錄的，自然需要拉比較長的工作天數。

Information

◆ 評估拍攝所需的天數

假設每天的拍攝時間不含休息是 10 小時，移動（包含場布和撤場）預估 3 小時，簡單的場景約 10 場，每場預估拍 2 小時。
①**第一種情境：外景地分散各處，共十個地方。**②**第二種情境：總共只有兩個外景地。**兩種情境的拍攝天數如右方所列。可以看出外景地的數量對拍攝天數的影響非常大。當然也會因為調度上的原因，依照劇情先後順序進行「**順拍**」，因此**最終決定權還是在導演與製片手上**。

① 外景地：10 處
〔（拍攝時數 2× 場景數 10）
＋（移動時數 3× 移動次數 10）〕
÷（每日拍攝時數 10）
＝拍攝天數 5 天
② 外景地：2 處
（拍攝時數 2× 場景數 10）
÷（每日拍攝時數 10- 移動時間 3）
＝拍攝天數不到 3 天

世界觀要
怎麼設定…

著作權

明星
演員
怎麼安排？

● **演出演員**

① **檔期很滿的演員怎麼用？**

如果是檔期很滿的大牌演員或友情客串的情況，通常會協議請演員進組做**少天數**的拍攝。不過以電影製作方而言，肯定希望這種演員負責重要角色，粉絲也會有所期待，但這樣的兩難要如何解決？

· **隱藏的主角**

日本電影的全盛期常使用一個方法，將明星演員用得淋漓盡致。你可以在**開頭的第一幕‧起**和**最後的第三幕‧合**讓明星出場，讓觀眾留下非常深刻的印象。比方說他可以促成主角的出發，在主角面對高潮戲的前一刻，又是促使主角進入挑戰的最後推手。這種角色擁有與主角相同的動機，因此**即便戲份少，也能讓觀眾產生代入感**。

② **要如何量身打造角色？**

「**量身打造**」是編劇為預設好的演員寫角色的意思，寫這種角色需要特地邀請出演、調整創作意圖，因此一定要先與主創進行充分的討論。

同場加映

盤點外景地與角色，對於故事的品質也有所幫助

盤點外景地或角色不單純是預算考量，也能夠直接提升故事的品質。盤點的過程，等於是在檢查有沒有為了無謂的視覺變化而讓每場戲都切換地點，或者有沒有出現重要性低卻無意中創造出來的角色。盤點完之後，就能聚焦在重要劇情的變化上，故事會變得清晰很多。很多電影劇情乍看之下很複雜，其實整理完每個外景地或場景的登場人物之後，就會變得很好理解。不必要的雜質越少，「Xa→Xb」就會越清晰，電影也會越容易理解。

提升編劇功力：
廣納善言與尋求影視化

訣竅Ａ
廣納善言

你寫完一個沒有影視化計畫的劇本，下一步要做什麼呢？

●給朋友讀讀看

初稿寫完就給朋友看看，不過朋友也是得耗費時間與心力才能仔細閱讀、整理回饋內容。即便你是耗時一年才寫完，也不該自我中心地認為別人理所當然要讀你的劇本，因此不要忘記**感謝朋友為你抽出寶貴的時間**。

●不要閉門造車

若你很重視自己的創作欲望，就不要不敢把作品拿出來見人。閉門造車反而容易迷失方向，**與他人交流才會更理解自己**。自己和對方的意見都可以併陳，先理解雙方的意思，不要太快肯定或否定，你們的目的是改善劇本品質。

訣竅Ｂ
報名編劇獎項

世界上有很多編劇獎項可以參加，不妨嘗試報名看看。運氣好的話可以獲得專家的評語，如果你真的有實力和運氣，也可以以得獎為目標。

●得獎編劇與專業編劇的距離

即便劇本得獎了，業主來找你寫電影劇本的機率也很低。拍電影都需要預算，所以電影會以**有票房保證的劇本為優先**。每年都有大量的劇本得獎，但是賞識得獎編劇進而發案給他們的人少之又少。

●行銷亮點

報名者參賽的最終目標都不會只是得獎而已，但若比賽辦法包含得獎劇本可以影視化，編劇就能獲得很大的利益。而且得獎編劇這個頭銜，也是**行銷宣傳的一大亮點**，不要忘了你的初衷。

請別人閱讀 意見 理解 修改 參賽 行銷宣傳

Information

◆面對回饋的心態

一開始聽回饋的時候，你可能會以為朋友對劇本的理解程度與你相同，所以容易全盤接納對方的意見，或反過來進行無謂的辯駁。**不管別人給你什麼意見，你都不必太往心裡去，也不要被說什麼就改什麼。**一般讀者的類型大致上可以分成右列的幾種，你就當作自己是在為修改劇本蒐集資料，不必拘泥於單一意見，而是找出眾多意見的最大公約數，冷靜加以分析。

- 從沒讀過劇本
- 不知道怎麼以分析的角度讀劇本
- 對於自己的閱讀能力沒有自覺，強迫你接受他主觀的感受（對於對白的意見等等）
- 雖然讀得懂劇本，但每個人的想法不同，沒有正確答案
- 過來人即便熟悉自己的企劃，也不等於他有辦法針對你的企劃給建議
- 即便是不錯的建議，也需要判斷是否對你有幫助

訣竅 C

累積影視化的履歷

只要看到影視劇本的工作或徵件，**一開始即便酬勞低廉也應該要做做看**。沒有影視化經驗的編劇，容易陷入難以累積成績與經驗的惡性循環。

● 劇本和電影的不同

很多劇本是傑作、每個人看過都讚不絕口，但拍成電影卻不賣座。**電影若不賣座，工作也不會找上門**。想成為賺錢的編劇，一定要先累積經驗與成績。

● 影視化有助於提升編劇功力

很多人在自己的第一個劇本影視化的時候，選擇去觀摩試鏡和排練的現場，後來也讓編劇功力大幅增加。你會發現**自己的想像和演員的詮釋、主創的調度之間有什麼落差**。影視化可以讓編劇的功力更上一層樓。

● 製作試拍片

把劇本拍成一分鐘或五分鐘的試拍片，業主的團隊中非專家但握有決定權的人也會看得懂這是什麼，有機會一定要挑戰看看。

訣竅 D

接收回饋後修改

獲得別人的感想與意見、製作試拍片或者自己重讀之後，你一定會想再修改劇本，**劇本要修改到自己滿意為止**。

● 留下修改前的版本

修改前的版本要記得留存，把自己的思路整理清楚作為下次創作的參考。這樣除了可以從其他角度審視最初的想法，也可以將找出其他詮釋或多餘部分的過程「視覺化」。學會視覺化這個過程，有助於你**保持彈性，寫出可執行度高的劇本**。

編劇　製作團隊　電影公司　觀眾

提升成績與經驗！　資金

委託工作

同場加映

獨立製作也是一個選項

把自己的劇本推銷給大型電影公司是難上加難的事，不過若當作獨立電影進行製作，門檻就不會那麼高。雖然獨立製作有很多地方需要評估，例如自籌預算的多寡、預計公開映演的規模等，但也有種自掏腰包與夥伴一起拍電影的樂趣。即便是獨立製作，只要能拍出電影就是一個履歷，也是難得的經驗。關於電影製作的方法，可以參閱與本書同系列的《第一次拍電影就上手》。

用手機
拍出你的劇本

訣竅Ⓐ
自己拍電影

產出劇本的下一步，通常都以正式拍成電影為目標，不過這邊要介紹一個簡單的拍片方法，想提升編劇功力就絕對不能錯過。

（關於正式的電影製作，可以參閱與本書同系列的《第一次拍電影就上手》）

● 用手機拍一分鐘的電影

在數位科技進步的時代，拍片的門檻不斷下降，只要手持手機錄影，再使用電腦的免費剪輯軟體，就能輕鬆剪出一部電影。**經歷了拍片的過程，保證能讓編劇功力大增。**一開始，可以先拍個一分鐘左右的短片。

訣竅Ⓑ
備齊三項必要資源

①**器材**

用手機錄影即可，如果有三腳架、耳機和槍型麥克風會更方便。剪輯可以使用手機的剪輯APP，也可以用電腦免費下載好萊塢電影也會使用的「DaVinci Resolve」（Blackmagic Design公司）。

②**人力**

你可以自己拍，也可以幾個人分工當工作人員和演員，但一定要提供夥伴一些好處。如果其他夥伴跟你一樣想做自己劇本的試拍片，你們可以當天流輪拍彼此的短片。

③**地點**

自己家裡、庭院、公園等等，理想的條件是可以聽清楚對白的安靜場所。一定要在開拍前找好場地，開拍之後才找太浪費時間。

【重要】拍攝中非常專注，很容易發生意外事故，最好能在安全的地方進行。小心不要闖進他人的私有地，以免發生糾紛。

Point 實際執行驗證過後，就會知道設計圖的優劣，劇本也不例外。不妨看看你的劇本經過拍攝和剪輯後會變成什麼，只要有科技工具，此時此刻就能開始拍片。

訣竅C

有效率的拍攝步驟

STEP①事前準備

· **三項必要資源**：備齊**器材、人力和地點**。
· **劇本**：一分鐘的影片最快也要拍幾小時，劇本最多一頁，以幾個鏡頭組成即可。以時間為優先，不要拍更長。
· **分鏡圖**：不要準備分鏡圖，畫分鏡圖需要高度的技術、知識與經驗，只要在劇本寫點筆記，有個簡單的拍攝計畫就足夠了。

STEP②拍攝

· **器材**：有**耳機**和**麥克風**的話就接在手機上，長時間拍攝可以使用**三腳架**。
· **導演**：由**同一個人掌鏡**比較能統一風格。
· **拍攝順序**：**先拍整個場景**，這樣即便其他鏡頭失敗也可以拿來充數。**拍完整個場景，再補拍不同角度。**
· **1個鏡頭的拍攝**：依照①**決定演員動作、排練**→②**決定攝影機位置**→③**開拍**這三個順序。順序顛倒就會耗費出乎意料之外的時間。

· **檢查**：**檢查影像與聲音。**檢查聲音的重點是第一次聽可以聽清楚對白，如果擔心環境音蓋過對白，可以只錄對白，等剪輯時替換掉，即便嘴型對不上，也好過聽不清楚對白。

STEP③剪輯

使用剛剛介紹過的DaVinci Resolve，大致步驟如下，其他剪輯軟體的步驟基本上也相同。
· 開啟**剪輯面板**，將影片素材、聲音或照片逐一拖放到時間軸上排列進行剪輯。
· 在剪輯面板上，可以根據表演做**細部剪輯**，也可延後或提前對白的剪接點、使用音效、調整BGM的平衡，都是電影剪輯常用的技巧。
· 進入**輸出面板**，轉成網路或MP4影片等自己需要的檔案格式，新增完成影片的資料夾。

STEP④公開、評語

盡量讓越多人看到越好，將大家給的建議統整起來，找出自己的劇本問題所在。

同場加映

電影是在觀眾的心中完成

你認為「作品的完成」是在哪一個階段？如果你讀了本書前面的章節，應該會知道劇本定稿不代表作品完成了。所以會是放映用的檔案輸出的階段嗎？不對，答案是等觀眾看了電影、心領神會之後，一部電影才算完成。劇本是電影的設計圖，因此劇本的目標與電影相同，你現在在寫的東西，要等觀眾心領神會之後才算完成。千萬不要忘記了，你的一切努力都是為了這一天的到來。

導演
對於編劇的期望

訣竅Ⓐ

劇本的鐵則

我在發案委託編劇時，一定會講明下列事項，只要我們對於這些事達成共識，收到劇本之後，我這個做導演的就會滿心期待開拍。

● 不是加法而是乘法

要素或場景的串接不是一種加法的概念。假設有三個格鬥場景，各場景的重點分別是①**主角的強力招式**、②**用強力招式也打不過的強敵**、③**主角花心思打倒對方**，這三場的關係是乘法，並非「一加一加一等於三」。每個場景的內容都有變化也有關連，一場接著一場下來，故事就會更有深度。

● 以最小限度達到最大效果

如果能達到同樣的效果，手段就要選最單純的，要用**最少的工程**，讓觀眾期待接下來的發展。美好的瞬間不斷累積起來，意義也會更深化。

● 文字力求精簡

對白與文字盡量精簡，不求邏輯清晰的說明，只要丟出**最想傳達的關鍵字**即可。文字長到沒有必要的時候，有可能就是在解釋或訓話，要特別注意。

● 盤點每一個場景標示

在什麼地方？什麼時候？誰出場？只要戲劇結構紮實，抓出這幾項就可以知道故事概要。

● 不要依賴演技

地點、人物、語言、動作，劇情架構的建立，端看你如何安排、組合並組織這些元素，**表演的詮釋是建立在故事之上**，不要反過來以演技說故事。

● 完美的瑕疵品

完美指的不是沒有**瑕疵的作品，瑕疵也值得愛的作品，才是完美的**。咬合太緊的齒輪會卡死自己，每個齒輪之間都需要空隙才能轉動。每一部經典名作都在搏一個瑕不掩瑜，「太扯了」這句話，如果用在有說服力和趣味的電影上就是稱讚，反之就是無聊而已。**勇於挑戰，不要害怕危險與瑕疵。**

大家一起做出好作品！

將電影當志業

每個人都想拍出好電影，但什麼是**「好電影」**？「好」沒有一個單純的標準，每個人都有自己的定義，而我重視的是下列幾點。

●為了某一個人

世界上不存在人人都愛的**「好電影」**，每個觀眾在不同時期會被不同電影打動。我的好不等於你的好，也有可能今天覺得無聊，明天一看又深受感動。創作者要**盡全力讓某一個人感動**，而名作或經典的評價，只是盡全力之後得到的結果。

●劇本要等心領神會時

劇本要等到觀眾的心領神會才算完成，寫作時提醒自己為某一個人而寫，會比較明確意識到溝通的對象。你希望他被娛樂到、得到幸福，還是省思？你用了什麼樣的**「鬼臉捉迷藏」**達成這個目的？你覺得**有意義的創作**，一定存在著**讓人感動的關鍵**。

●長存心中的經典

我們看到精彩的電影，通常一開始會錯愕難以接受，也不知道自己是喜歡或討厭。這些感受放在心中思考了好幾年，終於恍然大悟，成為一輩子的寶物。**好電影可以摧毀既有的思維框架**，所以無法立刻接受是很合理的。觀影時的快樂很重要，消化這些感受的時光也一樣值得珍惜。

●面對自己

在思考觀眾有沒有看懂時，同時也是在重新審視自己，一如本書開頭所警告的，你會被迫**面對平常得過且過的自己**。你的自我拉扯同樣也會感動到觀眾，所以不用害怕這些，一起面對吧！

●設計圖是為了劇組人員而存在

沒有拍片與後製的劇組人員，你的設計圖就無法傳達給觀眾，因此你**製作的設計圖，必須適合劇組團隊使用**，如果彼此有什麼不理解的就多加溝通。雖說整部片的主導權握在別人手中，但是在有定論之前的討論絕對不會白費。

同場加映

比自己更長壽，一世紀後的感動

人類文明發展至今，資訊的單價一直在貶值，換句話說，獲得資訊的環境不斷在普及與發展。如今只要膠捲或數位檔案還在，總會有辦法看到你想看的影視作品。放映的方法一年比一年簡單，如果技術繼續進步，今天網路上的影片，一世紀之後多半也能在某處的檔案館看到。你的作品可以超越地點與時間的限制，留在更多人的心中。創作的時候，不妨想像一下這樣的願景。

我成為編劇的契機與心路歷程

安田真奈〔編劇、電影導演〕

學生時代熱愛8mm電影，畢業後進入製造商就業。

剛上高中的時候，我偶然在電視上看了森田芳光導演的電影《家族遊戲》。故事的設定很平常，就是一名家教老師來到一個中等家庭，沒有什麼浪漫感或大場面。儘管如此，那種獨特的氣氛與拍法太有趣了，我深受震撼，於是我在高中加入了電影研究社。我們社團的大家會興高采烈地放映8mm膠捲，但是沒有拍自己的作品。考大學時，我用刪去法選了法學院。大一時對廣告有興趣，因此去「京都IROHA文案補習班」（京都いろはコピー塾）上課，也與企劃團隊籌辦了專欄作家天野祐吉的演講活動（透過廣告回顧他自己過去的20年）。

到了大二的電影社活動，我才開始製作8mm電影，一開始只是拍些簡短的搞笑或輕鬆的內容。我沒有正式受過影像的訓練，反而因此初生之犢不畏虎，拍了很多東西。那是個沒有電腦和數位相機的時代，製作8mm電影需要放映機和剪輯器材，我們幾個社員住進西洋風的日式老宅裡，還安排了一間器材房，方便我們24小時上工。

後來找工作的時候，影像相關的公司我只報考了NHK但沒有考上，又因為我喜歡製造業，最後進了大阪的製造商。我的電影風格是「你我身上也會發生的日常故事」、「比起天災人禍等社會大事，更在意個人遭遇的大事」，因此比起一頭栽進影視產業，在正職工作之餘拍拍獨立電影的路線，可能更適合我。

我的正職工作平日假日都可能加班，每天過著睡不飽的日子，但是集體創作的電影製作太好玩了，我無法割捨。在劇本階段做100個靈感，拍攝、表演和配樂也加進來之

後，靈感可能增生成120個甚至150個，而且完成的影片要放映多少次都可以，每次都會有不同的回饋與機遇，電影真的是**「不會結束的慶典」**。

在電影節跑業務

我在小型的電影節獲得六個獎項之後，漸漸開始考慮**把導演、編劇當正職**。無奈當時的女導演是稀有物種，「住在小城市、女性、其他領域的正職員工」是三重的不利條件。於是我在電影節上大量發送名片，遇到反應不錯的製作人，就遞出履歷表與VHS錄影帶毛遂自薦。甚至事後我還會登門拜訪，詢問他們想製作什麼樣的作品，並提出未來想以導演、編劇為業的願景。

在影展跑業務的發想是來自我任職的製造商。我們行銷部門都會發傳單、型錄、籌備展示會，假設公司想製作以銀髮族為客群的展示會邀請函兼型錄，而承包廠商有兩個選項，A善於設計，B對於展示會相關活動更熟悉，我們公司會選擇發案給B，將案子交給符合預算與目的的製作公司承包。同理可證，我相信電影和電視劇的製作人也相去不遠。當他們**「想要在關西製作一個溫馨、原創劇本的電影」**的時候，想到**「啊，安田真奈好像可以」**，我就有機會獲得工作。我到處宣傳自己是「關西暖心故事第一品牌」，後來漸漸拓展了更多的人脈。

離開製造商進入影視圈，第一部院線片《幸福的開關》

我後來製作過關西電視台深夜時段的電影，擔任《all right》（オーライ）和《一滴魔法》（ひとしずくの魔法）的導演與編劇，

並離開了任職九年半的製造商。我知道鄉鎮電器行有一種熱情推銷的文化，希望能刻劃「看著父親的工作情況，開始思考人生與親情的女兒」，於是寫出電器行親子故事的電影劇本。

然而，新人的原創劇本是很難有機會拍成電影的，很多單位看過劇本都回絕説：「讀完劇本之後非常感動，不過電器行的親子故事太平凡了，觀眾不會想來戲院看……」我花了三年時間反覆修改劇本，除了屢次針對電器行和相關對象進行田調，有時還去店裡幫忙。最後終於遇到一個願意支持我的製作人，他們公司一直沒有拍板定案，我前後大概重新寫過十個版本的劇情大綱。我身邊也有人建議我改寫其他題材，我反而執著了起來，想説：**「要是我放棄，日本影視圈就不會出現電器行的電影了。」**世人並不是很清楚電器行熱情推銷的文化，而且這個行業很適合用來描寫親情，我的信念成為了前進的動力。

最後製作人提議改成三姊妹的設定，我把劇本大改了一番。後來主角決定請因《交響情人夢》爆紅的上野樹里小姐飾演，父親的選角，也是新導演的出道作不可能見到的奇蹟人選。製作單位不抱期待詢問了澤田研二先生，沒想到他説他喜歡這個劇本。於是2006年，我自編自導的《幸福的開關》（幸福〔しあわせ〕のスイッチ）成為我第一部院線片出道作。我寫劇本的時候，特別留意不要直接解釋情感、對白要自然。上野小姐和澤田先生都以真摯的表演回應角色，尤其是晚上在車裡對話的場景，他們眼神沒有交集，聊的都是工作，卻能看出彼此的體貼，那一場戲非常精彩。

2006年底我去生小孩，難以進行現場拍攝工作。接下來的11年裡都只有做編劇的工作，我一直很擔心再也無法重執導演筒，幸好2011年NHK電視劇《溫柔的花》（やさしい花，入選平成23年度文化廳藝術節）的編劇工作給了我希望。我訪問了兒童虐待的行為人、受害者、兒少保護組的職員等，在大量的田調基礎上寫出原創的劇本，獲得的評語包括：虐待的事例很真實、故事演進很好理解也令人感動等。開播十年至今，如今持續進行著放映會和演講活動。

這份工作完全是出於我的育兒經驗，我本身沒有讀過影視相關科系，還在製造商工作約十年，等於是繞了好大一圈才來到這。但是我感覺人生的所有歷練都是收穫，沒有一條路是白走的。

《幸福的開關》製作：東北新社、東京Theatres、關西電視台
串流上架平台：U-NEXT、dTV

時隔11年，重執導演筒

2017年，我兒子升上小學高年級的那年，有人詢問：「安田小姐，妳小孩長大了嗎？可以請妳當導演嗎？」那是兵庫縣加古川市的在地電影企劃，電影必須在當年度上映，拍攝時程得一路快馬加鞭。我們春天做田調、寫原創劇本，8月開拍，11月就院線上映。我們邀請堀田真由小姐飾演主角，6天時間拍完青春電影《36.8℃ 三十六點八度》（36.8℃ サンジュウロクドハチブ）。這是城市觀光推廣的企劃，必須在加古川市區東拍西拍，片長雖然只有短短的65分鐘，不過每天都拍到很晚才收工。

下一部作品是2018年的《鮪魚女孩》（TUNAガール），這是一部青春電影，講一群熱心養殖「近大黑鮪」的年輕人，主演是小芝風花小姐。我鉅細靡遺地描寫位於和歌山縣串本町，近畿大學水產研究所在進行的養殖研究。每一個企劃找上我的原因，都是「拍攝地在關西，妳懂關西的節奏，而且能寫原創劇本又能當導演」。上班族時代的自我行銷「關西暖心故事第一品牌」，似乎真的成為我的招牌了。

時不時有人會問我：「以暖心和溫馨推銷自己，不會限縮工作機會嗎？」，但其實我也接過恐怖片的委託。電影《貓目小僧》的原作是楳圖一雄先生，導演是井口昇先生，我負責寫改編劇本。他們兩位都是不得了的創作奇才，製作人認為「如果再找擅長寫恐怖片的編劇來，作品會變得太偏門，把客群局限起來了。希望安田小姐帶來一些溫馨的基調，讓情侶和親子都喜歡這部片，一起為貓目加油」。

「什麼都會寫」的人比較沒有記憶點，但是如果**有明確擅長的類型，至少會被記住，也會帶來工作機會**。至於機會限不限縮，大概是取決於接案之後怎麼發揮吧。

在寫原創劇本的時候，我特別重視田調的工作。寫《幸福的開關》、加古川和鮪魚養殖的題材時，我都做了很多功課。田調不紮實的編劇，只會寫出任何人都寫得出來、查得到的題材。我常常在想，一部劇本的完成是**「田調4：寫作2：修改4」**。

《36.8℃ 三十六點八度》製作：映画24区

《鮪魚女孩》製作、著作：吉本興業／NTTぷらら
串流上架平台：Netflix全球、ひかりTV、大阪チャンネル

編劇這一行充滿限制，轉身挑戰實驗短片。

在製造商上班的時期，我的時間永遠不夠用，所以一想到不錯的題材，我就會馬上寫成劇本拍出來，採取**「有什麼拍什麼」**的路線。這個路線對於後來的編劇生涯加了很多分，畢竟編劇這一行總是會遇到各種嚴苛的製作條件與限制。

　　離開製造商之後，我接過每集4分鐘總共55集的迷你劇編導工作。這是東京電視台《美少女日記III》的小單元，每一集只有4分鐘，是週一到週五的帶狀節目，總共11週，因此是55集。主演是Hello! Project Kids的三個小學生，他們都沒有表演經驗，時程也非常緊迫，因此我的設定是「住院的小病友們為烏龍護理師紀子姊的愛情加油打氣」。讓他們飾演住院病患躺在那裡，等他們習慣鏡頭後再給他們活動的戲份，最後拍出了55集的連續劇《小小醫院》（リトルホスピタル，導演、編劇）。除此之外，讀賣電視台的《黃金的法則》（黃金の法則，編劇）則是以5分鐘的故事串接3個商品廣告，每次的商品都不同。我綜合評估外景地點、拍攝時間、贊助商要求以及節目走的愛情故事路線，寫出30分鐘左右的劇本。我不但在這次的工作滿足一切條件限制，又保留了自己的風格，是一場很好的訓練。我已經習慣「有什麼拍什麼」，因此才能在各種條件、限制和修改中樂此不疲。

我最近正在製作一部有點不一樣的作品，是實驗短片《明天去教學觀摩》（あした、授業参観いくから。），主演是片岡禮子小姐。「明天去教學觀摩。」「咦？」這類親子對話總共有七句，同樣的對話會在五個學生的家中發生。用如出一轍的對話內容，襯托出截然不同的家庭面貌。這個結構滿實驗性的，看完又會覺得溫馨感人。我期許自己以後繼續踩穩田調等基本功的步伐，並且持續挑戰各種風格的作品。

短片《明天去教學觀摩》製作 著作：株式会社パラサング

Information

◆安田真奈〔編劇、電影導演／劇本寫作者協會會員〕
2006 年推出第一部院線作品，由上野樹里 × 澤田研二主演的電器行親子電影《幸福的開關》。本片獲得第 16 屆日本電影影評人大獎特別女導演獎、第二屆大阪電影節（Osaka Cinema Festival）劇本獎。2006 生小孩後重心轉為編劇，2017 年以後重執導演筒。作品包括堀田真由主演的電影《36.8℃ 三十六點八度》、小芝風花主演的近大黑鮪青春電影《鮪魚女孩》、片岡禮子主演的短片《明天去教學觀摩》，是導演編劇雙棲的創作者。
安田真奈官方網站　https://yasudamana.com/

思考電影大致走向的「劇情表」

參閱TAKE10，可複印右頁的「劇情表」（建議放大125％，設定成A4用紙）使用。

※本書監修者的網站「映画制作の教科書シリーズ」亦有日文版表格檔案可供下載：http://filmmakebook.minatokan.com

光靠一張**劇情表**就能掌握大致的劇情走向。寫下已決定好的事情，藉此客觀檢視劇情的架構，找出不足之處或衍生新的想法。

● 構思或分析劇情時，把想法寫下來客觀檢視。

● 訣竅是先寫已經決定好的部分，不必等全部都想好才動筆寫。

● 從表格中找出劇情的盲點和刺激新的靈感。

填寫範例：TAKE09、10的故事

● 重要的大段落寫在左邊。

● 小細節寫在右邊。

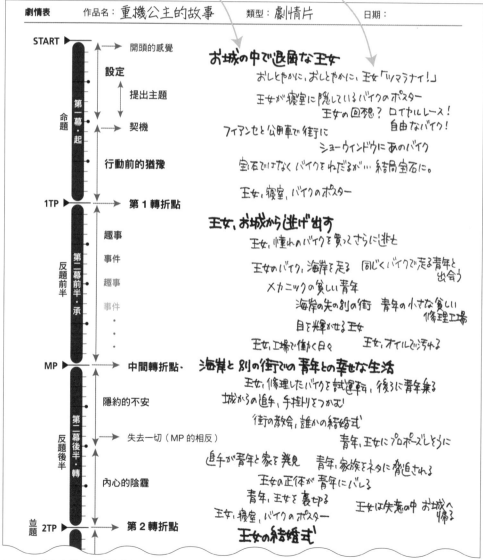

| 劇情表 | 作品名：重機公主的故事 | 類型：劇情片 | 日期： |

START ▶ 開頭的感覺

設定

提出主題

契機

行動前的猶豫

1TP ▶ 第 1 轉折點

趣事

事件

趣事

事件

MP ▶ 中間轉折點

隱約的不安

失去一切（MP 的相反）

內心的陰霾

2TP ▶ 第 2 轉折點

第一幕・起／命題

第二幕前半・承／反題前半

第二幕後半・轉／反題後半

並題

お城の中で退屈な王女
おしとやかに、おしとやかに、王女「ツマラナイ！」
王女が寝室に隠しているバイクのポスター
王女の回想？ ロイヤルレース！
自由なバイク！
フィアンセと公用車で街に
ショーウインドウにあのバイク
宝石ではなくバイクをねだるが… 結局宝石に。
王女、寝室、バイクのポスター

王女、お城から逃げ出す
王女、憧れのバイクを買ってさらに逃走
王女のバイク、海岸を走る 同じバイクで走る青年と出会う
メカニックの貧しい青年
海岸の先の別の街 青年の小さな貧しい修理工場
目を輝かせる王女
王女、工場で働く日々 王女、オイルで汚れる

海岸と別の街での青年との幸せな生活
王女、修理したバイクを試運転、後ろに青年乗る
城からの追手、手掛りをつかむ
街の教会、誰かの結婚式
青年、王女にプロポーズしように
追手が青年と家を発見 青年、家族をネタに脅迫される
王女の正体が青年にバレる
青年、王女を裏切る 王女は失意の中 お城へ帰る
王女、寝室、バイクのポスター
王女の結婚式

※參考文獻：《先讓英雄救貓咪：你這輩子唯一需要的電影編劇指南》布萊克・史奈德著

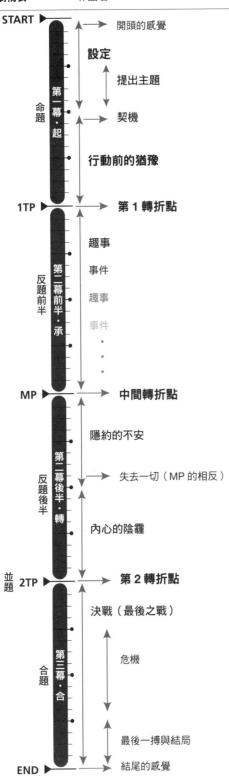

START ▶──→ 開頭的感覺

設定

提出主題

契機

行動前的猶豫

第一幕・起　命題・起

1TP ▶──→ **第 1 轉折點**

趣事

事件

趣事

事件

第二幕前半・承　反題前半

MP ▶──→ **中間轉折點**

隱約的不安

失去一切（MP 的相反）

內心的陰霾

第二幕後半・轉　反題後半

並題　2TP ▶──→ **第 2 轉折點**

決戰（最後之戰）

危機

第三幕・合　合題

最後一搏與結局

END ▶──→ 結尾的感覺

整理劇情結構的「起承轉合分格表」

參閱TAKE32，可複印右頁的「起承轉合分格表」（建議放大125％，設定成A4用紙）使用。
※本書監修者的網站「映画制作の教科書シリーズ」亦有日文版表格檔案可供下載：http://filmmakebook.minatokan.com

起承轉合分格表是把劇情具體結構化的表格。經過結構化之後，即使是2小時的長片也能拆成一個個1分鐘左右的小故事來思考。

STEP①首先在直排寫下大範圍的起承轉合。這個部分的文字可以當作劇情大綱或**短片的劇本綱要**。

STEP②從①的各項目再分出起承轉合。可以作為**中長片的劇情綱要**。

STEP③從②的各項目再細分出起承轉合。可以作為2小時**長片的劇情綱要**。

●訣竅是先寫出「**合**」，接著再回過頭寫「**起**」。兩者之間經歷的變化，加入一些**吊觀眾胃口**的元素，組成「**承**」和「**轉**」的部分。

●確實掌握主角是誰、他會發生什麼變化，寫下「**Xa→Xb**」。

起承轉合分格表		起	承	轉	合
起 第一幕 命題 序	有個鬧彆扭的公主受夠管束，準備與未婚夫婚	公主在宮中無聊	公主嚮往重獲自由	與未婚夫到別城市，發現一台櫥窗中的重機	公主逃出宮外
承 第二幕前半 反題 破	公主溜出宮外，騎著車子一樣從海邊到其他城市				
轉 第二幕後半 反題 破	宮中的追兵終於掌握公主與青年相戀		追兵掌握到線索追查兩人	青年居住的其他城市被拆散兩人	公主與青年、未婚夫
合 第三幕 合題 急	公主再度逃跑，青年與未婚夫一分高下	公主的婚禮	公主重獲重樣逃跑！海岸	未婚夫綱追兵	公主與青年、未婚夫綱追兵一分高下

填寫範例：TAKE09、10的故事

起承轉合分格表

	起	承	轉	合
起 第一幕 序				
承 第二幕前半 反題 破				
轉 第二幕後半 反題 破				
合 第三幕 合題 急				

分析電影大致走向的「電影分析表」

參閱TAKE38，可複印右頁的「電影分析表」（建議放大125%，設定成A4用紙）使用。
※本書監修者的網站「映画制作の教科書シリーズ」亦有日文版表格檔案可供下載：http://filmmakebook.minatokan.com

電影分析表是用來分析他人的電影作品結構。試著藉此分析喜歡的電影，參考值得學習的技巧。將電影長片分成小段落來看，更能看出其敘事的結構。

STEP①標上電影播放的起始和結束時間，（在家看的話就寫扣掉片頭片尾人員名單的正片長度）。

STEP②分成**16**個段落，逐一標上時間點。（利用計時手錶或APP）

STEP③每看完**1/16**，按照時間記錄畫面中的**場景**和**人物**。人物框○、場景框□，行有餘力就把內容、事件或道具也寫上去。

STEP④看完影片之後，重新檢視寫下的筆記。

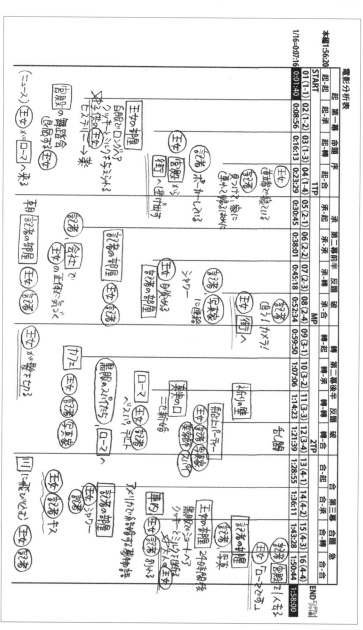

填寫範例：《羅馬假期》

電影分析表

	第一幕 命題 序				第二幕前半 反題 破				第二幕後半 反題 破				第三幕 命題 急			
	起			1TP	承			MP	轉			2TP	合			
START	01(1-1)	02(1-2)	03(1-3)	04(1-4)	05(2-1)	06(2-2)	07(2-3)	08(2-4)	09(3-1)	10(3-2)	11(3-3)	12(3-4)	13(4-1)	14(4-2)	15(4-3)	16(4-4)	END
：：	起-起	起-承	起-轉	起-合	承-起	承-承	承-轉	承-合	轉-起	轉-承	轉-轉	轉-合	合-起	合-承	合-轉	合-合	：：

後記

首先我要感謝購買前作《第一次拍電影就上手》的各位讀者，我在各種場合都會收到你們的分享回饋，這些回饋都是對我最好的鼓勵。沒有你們，就不會有這本書，謝謝大家。

我們沒料到前作會得到如此熱烈的迴響，尤其許多人問的都是關於一開始故事布局的部分，希望我再寫一本書把這部分講得更詳細一些。

只是⋯⋯說實話我非常頭大：「我這種人寫什麼劇本入門書，太不要臉了⋯⋯更厲害的人多如繁星啊⋯⋯」不過我猛然想起了國二的自己。他一直在與劇本搏鬥卻不斷卡關，他既膽怯又困惑，我想我的分享應該能給他一些幫助。如果當時的他能遇見讓他踏出第一步的敲門磚⋯⋯好，我就鼓起勇氣寫出來吧！

這本書也要獻給下定決心執筆寫劇本的你。目前為止，多數人只要掌握了本書的訣竅，就能在短時間內學會寫故事和劇本的方法，但是故事和劇本的世界浩瀚無垠，等你累積一定的智慧與經驗後，又會進入另一個世界，

有一個詞叫「守破離」。**守**（學習）→**破**（新的巧思）→**離**（從學習中解放），本書就是帶你「守破離」的好幫手。遇到問題也很好！遇到問題就提出假說、實驗，另行開闢創造你自己的世界。

在創作生涯中，我奉兩句話為圭臬。

「人生不可能不後悔。正因如此更該勇往直前。」（典故不明）

「有志入道之心，乃己身之師。」（出自千利休大師）

你有手機和紙筆吧？那就想想你的新故事吧！把你想到的念頭設定為結局！變化之前是什麼感覺！妨礙變化的又是什麼？！

衣笠 竜屯

開拍前的劇本會議側拍〔48HFP電影節衣笠組製作團隊〕

參考文獻

・《先讓英雄救貓咪3：反擊戰！堅持寫下去的劇本術》（暫譯，原書名*Save the Cat!® Strikes Back*）布萊克・史奈德（Blake Snyder）著
・《先讓英雄救貓咪：你這輩子唯一需要的電影編劇指南》（*Save the Cat!® The Last Book on Screenwriting That You'll Ever Need*）布萊克・史奈德（Blake Snyder）著
・《實用電影編劇技巧》（*Screenplay: The Foundations of Screenwriting*）希德・菲爾德（Syd Field）著
・《4大塔羅牌解事典 認識78張牌的一切》（暫譯，原書名『4大デッキで紐解くタロットリーディング事典　78枚のカードのすべてがわかる』）吉田RUNA、片岡REIKO 著
・《發想法－創造性開發必備》（暫譯，原書名『発想法-創造性開発のために』）川喜田二郎 著
・《故事體操～六堂寫出暢銷小説的課程》（暫譯，原書名『物語の体操－みるみる小説が書ける6つのレッスン』）大塚英志 著
・《希區考克／楚浮》（暫譯，原書名*Hitchcock/Truffaut*）法蘭索瓦・楚浮、亞佛烈德・希區考克 著
・《表演力：二十一世紀好萊塢演員聖經，查伯克十二步驟表演法將告訴你如何對付衝突、挑戰和痛苦，一步步贏得演員的力量》（*The Power of the Actor: The Chubbuck Technique -- The 12-Step Acting Technique That Will Take You from Script to a Living, Breathing, Dynamic Character*）伊萬娜・查伯克（Ivana Chubbuck）著

誠心感謝以下每位曾協助這本書出版的人：相關單位的工作人員、撰寫各自經驗談的電影業界人士、日本電腦專門學校的相關人士與CG影像製作學程2018-20年度的學員、Project・Koa的相關人士和衣笠工作坊班上的學員，以及推動這本書成形的出版社編輯群，還有這30年來的業界夥伴，總是溫暖守護我的每位親友，謝謝大家。

衣笠竜屯

※本書監修者的網站「映画制作の教科書シリーズ」http://filmmakebook.minatokan.com
※本書監修者的YouTube頻道
「來拍電影吧！」（映画作ろう！）幫助你拍片的各種資訊！
→https://youtube.com/playlist?list=PLQHIzE_P50FGcpJDRY0R6q74Xd6n8yqHd&si=Be_LIfh5kHNZvIJS
「來看電影吧！」（映画観よう！）線上電影欣賞會！
→https://youtube.com/playlist?list=PLQHIzE_P50FGuONfgxsYXXuR2_9kBvvJP&si=p-hTFllQ05xqSnBw

工作人員介紹

● 監修・作者 衣笠竜屯（Kinugasa Ryuton）
1989年設立電影製作社團「神戶活動寫真俱樂部 港館」，30年來指
導許多初次拍片的學生及社會人士入門，培育出無數的電影創作者。
16歲起開始創作電影，同時身兼影展的選片人，並且參與遊戲機的開
發企劃。
・2012年～2013年：社會人士進修班電影製作講座「星期天當電影
　導演」講師
・2018年～2020年：學校法人瓶井學園日本電腦專門學校CG影像學
　程講師
・演藝經紀公司 Project・Koa講師
・2020年《第一次拍電影就上手》監修
▼導演作品
・2009 明石CATV短片《草之時、風之場所》（草の時、風の場所）
・2015《肉桂最初的魔法》（シナモンの最初の魔法）
・2015 短片《第六感》小型戲院限定上映
・2015《夜店騎士～安詳的子彈》（クラブのジャック~やすらぎの
　銃弾）戲院上映
・2021《神戶～都市低語的夢》（神戶~都市が囁く夢～，收錄元
　町電影院10周年紀念短篇集電影《今天要去電影院嗎？》〔きょ
　う、映画館に行かない？〕）

● 編輯協力 小橋 昭彥（Kobashi Akihiko）
NPO法人情報社會生活研究所創立人。經營地方媒體等事蹟榮獲平成
17年度總務大臣表揚。著作有《到這裡懂了嗎！？最新雜學大全》
（ここまでわかった!? 最新雜学の本，講談社+α文庫）。影像製片
《丹波市創立10週年紀念影像～感謝 躍向未來～》（丹波市制10周
年記念映像～ありがとう未来への飛躍～）

● 編集協力 板垣 弘子（Itagaki Hiroko）

● 企劃、插畫、設計、編輯 片岡 れいこ（Kataoka Reiko）
電影導演、演員、創作者、占卜師、版畫家。京都市立藝術大學畢業
後，曾任職於廣告代理行銷公司，並前往英國留學，從事書籍寫作與
編輯。近年，投身於綜合藝術的電影製作作業，擔任導演一職。電影代表
作：《玩偶之家》（人形の家）。
▼著作（節選自Mates出版社）
・《我想去加拿大！》（カナダへ行きたい！）
・《我想去英國！》（イギリスへ行きたい！）
・《插畫導覽書 京都優雅散步》（イラストガイドブック 京都はんなり散步）
・《土耳其插畫導覽書 遊歷古蹟與文明的十字路口之旅》（トルコイラスト
　ガイドブック 世界遺產と文明の十字路を巡る旅）
・《少女倫敦行 可愛雜貨、咖啡廳、甜點之旅》（乙女のロンドン かわい
　い雜貨、カフェ、スイーツをめぐる旅）
・《北海道體驗農場完全剖析導覽》（北海道体験ファームまるわかりガイド）
・《招來幸福的塔羅牌塗色本 神祕與療癒的藝術》（幸せに導くタロットぬ
　り絵 神秘と癒しのアートワーク）
・《占卜人際關係的幸福塔羅牌 解決問題的心理諮商術》（『人間関係を
　占う癒しのタロット 解決へ導くカウンセリング術）
・《4大塔羅牌解事典 認識78張牌的一切》（4大デッキで紐解くタロットリ
　ーディング事典 78枚のカードのすべてがわかる）
・《京都 復古新潮的建築物巡禮》（京都 レトロモダン建物めぐり）

● 經驗談專文撰寫協力
片岡 Reiko〔電影導演、演員、創作者〕
安田 淳一〔電影導演〕　　　　　　川村 正英〔工程師〕
小林 幸惠〔劇本中心負責人〕　　　安田 真奈〔編劇、電影導演〕

● 攝影協力
長嶺 英貴〔放映師 影評人〕

映画脚本の教科書　プロが教えるシナリオのコツ　心得・法則・アイデア・分析

第一次寫劇本就上手

專家圖解從0開始，帶你認識業界現實，從故事發想、劇情鋪梗到影視化的50堂編劇課

監　　修　衣笠竜屯
譯　　者　陳幼雯
封面設計　白日設計
內頁構成　詹淑娟
執行編輯　柯欣妤
校　　對　丫火
業務發行　王綬晨、邱紹溢、劉文雅
行銷企劃　蔡佳妘
主　　編　柯欣妤
副總編輯　詹雅蘭
總編輯　　葛雅茜
發行人　　蘇拾平

出版　　原點出版 Uni-Books
　　　　Facebook: Uni-Books 原點出版
　　　　Email: uni-books@andbooks.com.tw
　　　　231030 新北市新店區北新路三段 207-3 號 5 樓
　　　　電話：（02）8913-1005　傳真：（02）8913-1056

發行　　大雁出版基地
　　　　231030 新北市新店區北新路三段 207-3 號 5 樓
　　　　24 小時傳真服務（02）8913-1056
　　　　讀者服務信箱 Email: andbooks@andbooks.com.tw
　　　　劃撥帳號：19983379
　　　　戶名：大雁文化事業股份有限公司

初版一刷　2025 年 1 月

定價　　　460 元

國家圖書館出版品預行編目（CIP）資料

第一次寫劇本就上手 / 衣笠竜屯等著；陳幼雯
譯. -- 初版. -- 新北市：原點出版：大雁文化事
業股份有限公司發行, 2025.01
128 面；17×23 公分
ISBN 978-626-7466-93-3(平裝)

1.CST: 電影劇本 2.CST: 寫作法

812.31　　　　　　　　　　　113018190

ISBN 978-626-7466-93-3（平裝）
ISBN 978-626-7466-90-2（EPUB）

Original Japanese title: EIGA KYAKUHON NO KYOKASHO
PRO GA OSHIERU SINARIO NO KOTSU: KOKOROE,
HOSOKU, IDEA, BUNSEKI
Supervised by Ryuton Kinugasa
© Reiko Kataoka, 2022
Original Japanese edition published by MATES universal
contents Co., Ltd.
Traditional Chinese translation rights arranged with MATES
universal contents Co., Ltd.
through The English Agency (Japan) Ltd. and AMANN
CO., LTD.